Inge Harländer

FEUERHAAR

Roman

Inge Harländer, geboren 1954 in Schleswig-Holstein, schreibt Romane mit historischem Hintergrund.

Sämtliche Personen und deren Handlungen sind fiktiv. Ähnlichkeiten mit lebenden Personen wären rein zufällig und keineswegs beabsichtigt.

Erstauflage 2016
© Inge Harländer
Nachdruck, auch Auszugsweise, nicht gestattet.
© Fotos Inge Harländer

Umschlaggestaltung
© Bergith Lassen
www.bergithlassen.de

Herstellung und Verlag:
BOD-Books on Demand Norderstedt
ISBN 9783842330153

Für alle „Hummeln", die eigentlich nicht fliegen können, es aber dennoch einfach tun.

Runenstein am Selker Noer

*

Margaretha hatte sich hinter einer riesigen uralten Buche versteckt und blickte auf die Lichtung um zu sehen ob sie wirklich da waren. Trotz der einbrechenden Dämmerung hatte sich die junge Frau an diesem warmen Maiabend heraus geschlichen. Ihre Großmutter hatte ihr zwar verboten zu so später Stunde das Haus noch zu verlassen, aber sie hatte sich leise davongemacht, als diese sich nach dem Abendessen um den Abwasch kümmerte.

Behände war sie, wie so oft barfuß, durch das kleine Dorf über breit ausgefahrene Wege, über eine kleine Anhöhe und dann am Rande des Weizenfeldes durch das nicht allzu dichte Unterholz bis hierher gelaufen. Nur wenige Minuten hatte sie für die kurze Strecke gebraucht.

Die Neugierde hatte sie trotz des leichten Nieselregens voraneilen lassen. Und sie war zufrieden, denn sie waren tatsächlich da. Aus ihrem Versteck heraus beobachtete sie die Lichtung.

Die Gruppe befand sich an einem Lagerfeuer.

Alte, Junge, Kinder und dazu einige große zottelige Hunde.

Das Licht des Feuers glomm vor sich hin. Ab und zu flackerte es auf und knisterte, wenn der leichte Wind hinein blies.

Ein Karren stand nicht unweit des Feuers, sechs braune Pferde grasten friedlich davor.

Zwei Wagen und einige kleine Zelte, in denen die Leute wohnten, standen am Rande der Waldlichtung ganz nahe an der kleinen Au, die hier nahezu lautlos vorbeifloss.

Ihr Herz schlug heftig, denn er war auch dabei.

Sein schwarzes Haar, sein ausdrucksvolles Gesicht mit den leuchtenden dunklen Augen und seinem Lachen hatte sie so sehr vermisst.

Er saß direkt vor dem Feuer, so dass sie keine Mühe hatte, ihn sofort zu erkennen.

Ihm gegenüber hatte sich der Rest der Truppe auf der Lichtung versammelt.

Musik erklang. Die von einem alten Mann gespielte Geige brachte eine fröhliche Melodie hervor.

Beinahe hätte Margaretha Herrn Karl nicht erkannt. Er schien so viel älter geworden zu sein.

Lebendige schnelle Töne waren zu hören. Lustige Laute einer Mundharmonika, gespielt von einem zarten Jungen, kamen hinzu und tönten durch den Wald.

Die Schaustellertruppe, die sie so lange nicht gesehen hatte, übte scheinbar gerade ein neues Bühnenstück ein.

Thomas gab direkte Instruktionen, um den Auftritt einer alten Frau zu korrigieren. Es war seine Mutter, Elsabea, die die Rolle einer Königin spielte und von ihm einige Anweisungen bezüglich ihrer Körperhaltung erhielt.

„Mutter, ein wenig erhabener dürften deine Bewegungen schon sein. Eine Königin schreitet, und bewegt sich nicht wie ein Bauernmädchen", lachte er.

Margaretha konnte ihren Blick gar nicht lösen. Am liebsten wäre sie gleich auf die Lichtung gesprungen, um ihre Freunde zu begrüßen. Allerdings genoss sie den Augenblick zu sehr, um ihn gleich zu unterbrechen.

Ein Jahr war es her, seit sie sie zuletzt gesehen hatte. Ein ganzes sehr langes Jahr.

Die Dorfbevölkerung sah es gar nicht gerne, dass sie Kontakt zu diesen Menschen hatte.

Schauspieler, Hausierer, Heimatlose hieß es, Umherziehende, hieß es, Nichtsnutze hieß es auch.

Aber diese Nichtsnutze wurden gerne von den Bauern beschäftigt, wenn in der Erntezeit Hilfskräfte für die Arbeit fehlten.

Und wurden sie deshalb von der Bevölkerung auch nur in irgendeiner Weise anerkannt?

Nein. Wie immer schon mussten sie am Rande der Ortschaften lagern.

Wie immer schon waren sie, außer eben in der Erntezeit, ungern gesehen und wie immer schon hatten sie einen schlechten Ruf, weil sie ständig unter Geldmangel litten.

So wurde ihnen nachgesagt, dass sie trotz ihres Unterhaltungswertes dennoch Unruhe brächten. Auch dass sie stehlen würden, wurde behauptet. Und die Waren, die sie zum Verkauf anboten, seien sicher Diebesgut wurde gemunkelt.

Margaretha allerdings glaubte nichts davon. Sie war sogar der Meinung, dass einige der Dorfbewohner die Anwesenheit ihrer Freunde nutzten, um selbst den einen oder anderen Diebstahl zu begehen.

Margarethas Großeltern hingegen hatten nichts gegen den Kontakt einzuwenden. Sie hatten sogar die Arbeitskraft von Thomas inzwischen sehr schätzen gelernt.

Im Vergleich zu den Umherziehenden waren ihre Großeltern vermögend. Ihr Großvater hatte den Hof hier im Herzogtum Holstein geerbt, und ihre Großmutter hatte eine große Mitgift in die Ehe eingebracht. Sie besaßen einige Hektar Land, bestehend aus Ackerflächen und Wiesen, nicht zu vergessen die vier Kühe, einige Schweine, Gänse, Enten und Hühner.

Der ganze Stolz aber waren die Pferde. Sie züchteten Friesen. Große, gutmütige pechschwarze Pferde. Ein Hengst, vier Stuten, drei Dreijährige, davon zwei Stuten und ein Wallach, und zwei Jährlinge, zurzeit also zehn Pferde, gehörten zum Hof.

Und der Großvater wurde wegen seiner ausgezeichneten Pferdekenntnisse bei vielen Leuten aus der Umgebung häufig um Hilfe gebeten, wenn dessen Pferde Krankheiten hatten oder wenn es um Zuchtfragen ging.

Anfangs wurde der Großvater wegen seiner Zucht dieser Pferderasse belächelt. Wurden hier doch kräftige Arbeitspferde gebraucht. Er hatte die Leute lächeln lassen. Er war sicher, dass die „Geldleute" die besondere Schönheit, Eleganz und Umgänglichkeit der Friesen schon noch erkennen würden. Und so kam es auch.

Margaretha war so in Gedanken versunken, dass sie erst jetzt bemerkte, dass die Musik verklungen war und ihre Freunde sich ans Feuer gesetzt hatten.

Sie wusste: Gleich würden sie Kaffee trinken.

Nach dem Üben Kaffee trinken. Das war ihr noch aus dem letzten Jahr in Erinnerung geblieben. Ein Topf mit Wasser wurde auf das Feuer gestellt. Wenn das Wasser kochte, wurde der Kaffee in einer blau gemusterten Kanne, die sehr in Ehren gehalten wurde, aufgebrüht.

Frau Elsabea (Sie hatte neben ihren schauspielerischen Fähigkeiten auch die Gabe, die Zukunft aus der Hand zu lesen, und konnte damit manchmal ein kleines Zubrot für die Truppe verdienen. Diese Kunst hatte sie von einer weisen Frau erlernt, wie sie Margaretha im Vorjahr berichtet hatte.) erzählte ihr einmal, dass diese Kanne ein Erbstück sei; sie soll aus Meissen stammen und schon einige Jahrzehnte alt sein.

Einer der Hunde hatte Margaretha offensichtlich gewittert.

Er schlug mit kehliger Stimme an.

Jetzt drehte sich Thomas in ihre Richtung.

Sie trat lächelnd hervor. Und ein Jauchzen klang von den Anwesenden zu ihr herüber.

„Margaretha!", hörte sie die erfreuten Rufe.

„Margaretha mit dem Feuerhaar!", rief Thomas, der auf sie zu rannte, sie in die Arme nahm und durch die Luft wirbelte.

Er drehte sich mit ihr im Kreis und lachte voller Freude über ihre Anwesenheit.

Endlich ließ er sie herab, und sie wurde mit großer Freundlichkeit auch von dem Rest der kleinen Gruppe begrüßt.

Die Kinder schauten mit Bewunderung auf ihre langen, lockigen roten Haare.

Die Feuerhaare, wie Thomas diese Haarpracht gerne nannte.

In ihrer Kinderzeit wurde sie wegen ihrer ausgefallenen Haarfarbe häufiger Hexe genannt. Und sie hatte sehr darunter gelitten.

Als die Großmutter ihr dann aber verriet, dass Hexen sehr kluge, weise Frauen gewesen waren, die auch die Heilkünste beherrschten, war sie stolz auf ihre besondere Haarfarbe.

Und durch Thomas liebevolle Bezeichnung mochte sie ihre Haarfarbe inzwischen richtig gerne.

„Ihr wart solange nicht hier. Ich habe euch alle sehr vermisst", bemerkte sie atemlos.

Sie wurde ans Feuer gezogen, ließ sich auf einem Baumstamm, der als Sitzplatz davor gelegt worden war, nieder und schaute der Reihe nach alle an.

Sie hatten sich kaum verändert. Nur ein Jahr älter geworden wie sie selbst. Aber sonst war alles, wie sie es in Erinnerung hatte. Eine Heiterkeit herrschte unter ihnen, eine Vertrautheit, Wärme und Zuneigung teilten sie miteinander, die ihr so im Ort nirgends begegnete.

„Woher weißt du, dass wir hier sind, Margaretha?" Es war Herr Karl, der auch die Geige gespielt hatte, der sie ansprach.

„Hat sich unsere Ankunft im Ort schon herumgesprochen und sind die Leute neugierig, was wir in diesem Jahr anzubieten haben?", wollte er wissen.

„Ja", sagte sie, „mein Großvater erwähnte es am Mittag. Er freut sich tatsächlich auf euch, weil Großmutter dringend neue

Kessel und Töpfe braucht. Auch sind einige ihrer Messer stumpf. Der Scherenschleifer war lange nicht im Ort. Und Großvater braucht sicher wieder die Hilfe von Thomas bei den Pferden, weil die Dreijährigen eingeritten werden sollen. Hoffentlich könnt ihr in diesem Herbst viel verdienen."

Neben dem Handel mit Kesseln und Töpfen, boten sie das Schleifen von Messern und Werkzeugen an. Im nahe gelegenen Hochmoor verdingten sich einige aus der Familie zum Torfstechen. Dies war eine sehr anstrengende und schmutzige Arbeit. Da diese Arbeit nicht gut bezahlt wurde, arbeiteten sie zusätzlich auf den Feldern und gaben mitunter kleine Vorführungen zum Besten.

Thomas war ein sehr guter Messerwerfer.

Er malte auch die großflächigen Bilder, die für ihre Vorträge benötigt wurden.

Margarethas Großvater lobte Thomas als sehr guten Pferdekenner und den besten Einreiter, den er je hatte. Bei manchen Arbeiten mit den Tieren hatte er schon geholfen.

Thomas etwas jüngere Schwester Rosali spielte meistens die Jungverliebte, sein Neffe den jugendlichen Liebhaber und nebenbei Mundharmonika und das Oberhaupt, der Herr Karl, wie er sich nennen ließ, war der Direktor der kleinen Gruppe und spielte hervorragend Geige. Ihre musikalische Darbietung war sehr geschätzt. Viele Zuhörer fanden sich ein, wenn auf eine Vorstellung hingewiesen wurde.

Hierin lag neben dem Kesselverkauf die Haupteinnahmequelle. Alle Leute waren dankbar für ein bisschen Abwechslung und ließen nach der Aufführung den einen oder anderen Taler als Anerkennung in die von den Kindern herumgereichten Mützen fallen.

Ihre Vorführung begann immer mit der Einleitung:

Hört ihr Leut und lasst euch sagen, was sich neulich zugetragen!
Dann wurde in einer Art Sprechgesang von den neuesten Ereignissen berichtet.

Die auf einem Holzgestell abgelegten Zeichnungen wurden von einem der Kinder auf ein Zeichen von Herrn Karl umgedreht, so dass er sich ganz auf seinen Vortrag konzentrieren konnte. Im vergangenen Jahr wurde viel über die Eisenbahn berichtet. Schließlich wurde das Eisenbahnnetz immer weiter ausgebreitet. Immer mehr Städte waren jetzt mit der Bahn zu erreichen.

Margaretha hatte ihren Großeltern erst kürzlich das Versprechen abgenommen, dass sie noch in diesem Jahr eine Reise zu dieser Eisenbahn unternehmen würden. Dafür mussten sie dann allerdings bis nach Schleswig reisen. Und da das sehr zeitaufwendig sein würde, sie wären immerhin den ganzen Tag mit dem Landauer unterwegs, musste sie warten, bis der Großvater sowieso in der Gegend zu tun hätte.

Inzwischen hatten sich Alt und Jung um das Feuer gesetzt, um den Kaffee zu trinken. Neuigkeiten wurden ausgetauscht. In einem Jahr hatte sich doch das eine oder andere ergeben. Margaretha wollte natürlich auch etwas von den Anwesenden erfahren. Und so erzählten ihre Freunde, wo sie im vergangenen Jahr überall gewesen sind.

Von Niedersachsen waren sie an der Nordseeküste bis ans obere Ende von Dänemark gereist. Zurück ging es an der Ostsee entlang, wo sie den größten Teil des Winters auf einem großen Hof verbracht hatten. Dort gab es für sie die Möglichkeit durch das Hüten der Schafe und Gelegenheitsarbeiten durch den Winter zu kommen. Wohnen durften sie im Schafstall, wo sie es zumindest warm hatten. Und jetzt waren sie wieder hier, wo sie sich am wohlsten fühlten. Hier zwischen Nordsee und Ostsee, zwischen Flensburg und Kiel, zwischen Schlei, Treene und Eider fühlten sie sich eigentlich zu Hause.

„Gibt es Arbeit mit den Pferden bei euch, Margaretha? Meinst du, dass ich bei deinem Großvater schon einmal vorsprechen kann?", wollte Thomas wissen.

„Doch sicher gibt es einiges zu tun. Die Dreijährigen sollen eingeritten werden. Und ich glaube dass zwei der Pferde für die Kutsche vorbereitet werden sollen. Frag also ruhig an."

Die Kinder wollten von Margaretha wissen, woher die Friesen stammten und warum ihre Großeltern ausgerechnet diese Rasse züchteten. Sie erzählte ihnen, was sie darüber wusste.

Aus der Provinz Friesland an der Nordsee im Norden der Niederlande stammten diese gutmütigen Warmblutpferde. Im Mittelalter waren es beliebte Ritterpferde, weil sie sehr robust und kräftig gebaut waren und dennoch wendig und elegant wirkten. Sie waren im 17.ten Jahrhundert, also vor circa zweihundert Jahren, mit spanischen Pferden eingekreuzt worden. Ihr kräftiger Hals, der edle Kopf und vor allem das lange Haar ihrer Mähnen und der Kötenbehang an den Fesseln machen sie so besonders. Deshalb halten viele Adlige sich diese wunderschönen Pferde.

Sie eignen sich als Reitpferde genauso gut, wie auch als Kutschpferde, und auch als hervorragende Arbeitstiere sind sie sehr gut einzusetzen, wusste Margaretha mitzuteilen. Schon der Vater ihres Großvaters hatte diese prächtigen Tiere gezüchtet. Als der vor Jahrzehnten seinen Sohn mit auf die lange Reise in die Niederlande nahm um sich nach einer Zuchtstute umzusehen, lernte dieser dort seine Frau, Margarethas Großmutter, kennen und lieben.

Zur Aussteuer bekam die Großmutter eine wunderschöne braune Friesenstute mit in die Ehe. Und Nachkommen aus dieser Stute waren immer noch auf dem Hof. Der ganze Stolz der Großmutter.

„Wer sich in diese Tiere nicht verliebt, ist gar nicht fähig zu lieben, sagt meine Großmutter immer wieder, wenn sie sich die Zeit gönnt und ihre Pferde einfach nur voller Bewunderung hinter dem Gatterzaun stehend anschaut", berichtete sie abschließend.

Die Kinder waren mit diesen Informationen zufrieden und wollten jetzt erfahren, warum Margaretha bei ihren Großeltern lebte und mit ihren achtzehn Jahren noch nicht verheiratet war. Ob es denn keinen Mann für sie gäbe.

„Ich hatte euch doch schon im letzten Jahr erzählt, dass meine Eltern auf der Ostsee gestorben sind. Sie waren mit einem Schoner auf dem Weg nach Russland, wohin sie Friesen verkaufen wollten. Ein Graf aus der Nähe von St. Petersburg hatte großes Interesse an den Tieren. Bei starkem Sturm kenterte das Schiff. Alle Menschen, die an Bord waren, sind ertrunken. Leider auch meine geliebten Eltern. Ich war damals noch keine fünf Jahre alt. Ich weiß leider kaum noch, wie meine Eltern ausgesehen haben."

Die Kinder bestätigten, dass sie sich an diese Geschichte erinnerten, gaben aber zu, diese traurige Begebenheit trotzdem immer wieder gerne zu hören.

Wenn ihre Großeltern, bei denen Margaretha seither lebte, nicht immer wieder das Aussehen der Eltern beschreiben würden, hätte sie deren Gesichter sicher längst vergessen. Sie wusste durch deren Erzählungen, dass sie die Lockenpracht von ihrem Vater und die roten Haare von ihrer Mutter geerbt hatte.

Mit ihren nahezu grünen Augen war Margaretha eine Schönheit, nur dass ihr dies nicht bewusst war.

Da ihr Vater das einzige Kind ihrer Großeltern war, würde Margarethas zukünftiger Ehemann einmal den Hof übernehmen können. Die Großeltern drängten mitunter schon zu einer Ehe, respektierten allerdings, dass Margaretha selbst einen Mann für sich finden wollte.

Den Sohn eines Nachbarn, Hein Egg, der finanziell sehr gut gestellt war, wollte sie auf keinen Fall zum Mann. Er war klein, untersetzt, hatte eine Gnubbelnase, rot unterlaufene Augen und war absolut humorlos. Obwohl die Großeltern ihr immer wieder erklärten, welch gute Partie er doch wäre und dass er auch über genügend Pferdeverstand verfügte, um die Zucht der Friesenpferde weiterzuführen, kam er für Margaretha nicht in Frage.

Sein merkwürdiges Verhalten war ihr aufgefallen, als er eines Tages zum Abendessen blieb.

Den Käse schnitt er sich aus der Mitte, vom Brot nahm er die dicksten Scheiben, den Rahm goss er reichlich in seinen Tee und die Wurst schnitt er sich in so dicken Scheiben ab, dass eine ganze Familie von seiner Mahlzeit hätte satt werden können. Außerdem taxierte er die Einrichtung und Gegenstände scheinbar nach deren Wert und starrte Margaretha in einer Art an, dass es ihr unangenehm den Rücken herunter lief.

Sie wusste, dass Egg sein Personal so hart arbeiten ließ, dass kaum jemand lange bei ihm aushielt.

Es hieß auch, dass er in der Kriegszeit bei allen möglichen Leuten Eier gestohlen hätte, um sie an die Soldaten zu verkaufen. Leider war er nie auf frischer Tat ertappt worden, aber die Bauern waren sicher, dass er der Dieb war.

Ständig war er auf der Suche nach neuen Arbeitskräften. Man erzählte sich, dass er die kleine Tochter eines Arbeiters, die erst sieben Jahre alt war, davon abhielt in die Schule zu gehen, weil er sie zum Gänsehüten brauchte. Statt ihr einen kleinen Lohn zu zahlen, erhielt sie einige Lebensmittel, die längst ihre Frische eingebüßt hatten. Da ihre Eltern aber sehr bedürftig waren, trauten die sich nicht, dagegen aufzubegehren.

So einer wie Thomas müsste ihr Ehemann werden, dachte sie immer häufiger. So ein lustiger Mensch, so voller Lebensfreude, so herzlich, so begabt, so liebenswert. Ja, das wäre dann schon richtig. Sie fühlte sich seit mehreren Jahren zu ihm hingezogen.

Aber ein Umherziehender, nein, das konnte sie wohl vergessen. Das war wohl nicht möglich. Vermutlich würde der Großvater das nicht gutheißen.

Thomas riss sie aus ihren Gedanken.

„Margaretha, ich möchte nicht, dass du Ärger bekommst. Ich kenne deinen Großvater ja und weiß, wie böse er werden kann. Außerdem ist es spät geworden. Komm, ich begleite dich."

Er nahm ihre Hand in seine und zog sie von ihrem Sitzplatz hoch.

Gemeinsam schlenderten sie den Weg zurück. Sie sprachen kaum miteinander. Nur ein klein wenig über die Friesen und darüber, wie sehr Thomas sich auf die Arbeit mit den Pferden freute. Er wollte am nächsten Tag vorbeischauen und alles mit dem Alten klarmachen.

Margaretha hatte das Gefühl, auch etwas Neues berichten zu müssen.

„Morgen kommt übrigens meine Freundin Louise zu Besuch. Ich glaube, dass du sie im letzten Jahr auf unserem Hof gesehen hast."

„Ist das die mit dem braunen Haar, die immer so von Herzen lacht?", fragte Thomas und Margaretha bestätigte seine Erinnerung.

Kurz vor dem Hof verabschiedeten die beiden sich. Margaretha fühlte sich wohl in seiner Gegenwart und der Abschied fiel ihr schwer. Aber sie freute sich auch auf den folgenden Tag, weil Louise kommen würde und sie Thomas dann bei seiner Arbeit mit den Pferden beobachten konnten. Sie hoffte nur, dass die Großmutter sie nicht ausgerechnet morgen mit Arbeiten versorgten würde, die ihr das Zuschauen unmöglich machen würde.

Sie konnte sich leise ins Haus und über die alte knarrende Treppe – wobei sie immer nur an der äußeren Seite auftrat um das knarren zu verhindern - in ihr kleines Zimmer schleichen.

Daran, dass keine Kerze mehr brannte, erkannte sie, dass die Großeltern sich bereits schlafen gelegt hatten. Es hatte also niemand bemerkt, dass sie sich davon gemacht hatte und gerade erst wiedergekommen war.

Sie zog ihr langes Wollkleid aus, kämmte ihre Haare und wusch sich vor der Schüssel, die von ihr immer mit frischem Wasser gefüllt wurde. Das Wasser war sehr kalt, aber das war sie gewohnt. Sie zog ihr kuscheliges Nachthemd über, zündete eine Kerze an und legte sich in ihr weiches Daunenbett.

Eigentlich wollte sie noch ein wenig lesen, aber ihre Gedanken sprangen hin und her, so dass sie sich nicht auf die geschriebenen Worte konzentrieren konnte.

Sie dachte an Thomas und auch an Louise.

Louise kam aus Kiel. Ihr Vater hatte mit dem Rumhandel einst ein kleines Vermögen erwirtschaftet. Dann kam aber der Krieg und weil er auch Handel mit den Dänen getrieben hatte, wurde ihm nach der letzten Schlacht 1864 von den hiesigen Händlern zunächst kein Rum mehr abgekauft.

So verschlechterten sich die Familienverhältnisse schnell. Nach wenigen Jahren erholten sich seine Geschäfte aber zusehends und es ging finanziell wieder bergauf. Für Louises Aussteuer war jedoch immer genug Geld vorhanden gewesen. Wie Margaretha war auch sie ein Einzelkind.

Seit frühester Kindheit, seit ihrem achten Lebensjahr, besuchte Louise ihre Tante, die hier nahe dem Dorf, in der Nachbargemeinde lebte.

Margaretha hatte ihrer späteren Freundin einmal aus der unerfreulichen Lage geholfen, als einige Jungs sie im Winter mit Schnee eingerieben hatten. Dieser Schnee war allerdings hart gefroren gewesen und die darin enthaltenen Eiskristalle hatten die Wangen von Louise schon blutig gerieben. Trotz ihres Weinens hatten die Jungs nicht aufgehört sie immer weiter mit Schnee abzureiben.

Margaretha, die gerade von der Schule nach Hause wollte, kam darauf zu und verjagte die laut grölenden Jungen. Und seit dieser Zeit waren sie und Louise befreundet. Sie tauschten alle Geheimnisse miteinander, konnten sich alles erzählen und vor allem von Herzen miteinander lachen.

Margaretha war sehr glücklich über diese Freundin. Sie hatte keine andere.

Ihren Mitschülerinnen war sie zwar sympathisch, aber sie suchten ihren Kontakt außerhalb der Schule nicht, weil sie ihnen zu begabt war.

Im Gegensatz zu den meisten Mädchen freute sie sich immer unbändig auf den Schulbesuch.

Im Gegensatz zu den meisten ging sie auch regelmäßig in die Schule.

Auch während der Erntezeiten, wo viele Kinder zu Hause bleiben und bei den Erntearbeiten helfen mussten. Nun gut, bei vielen war es auch notwendig, zu helfen, weil etliche Eltern sich keine zusätzlichen Arbeitskräfte leisten konnten und jede helfende Hand gebraucht wurde.

Margaretha war einfach zu wissbegierig, um zu Hause zu bleiben.

Und im Gegensatz zu den meisten konnte ihr der zu vermittelnde Stoff gar nicht umfangreich genug werden.

So liebte sie es, Rechenaufgaben zu bewältigen, bei denen ihre Mitschülerinnen und Mitschüler nach kurzer Zeit kapitulierten, weil sie die Aufgaben als viel zu schwer empfanden. Eigentlich war für den Rechenunterricht der Mädchen nur vorgesehen, dass sie einige Grundrechenarten kennen lernten.

Margaretha bekam aber, weil der Rechenlehrer ihr Talent erkannte, immer Extraaufgaben, die sie mit Leichtigkeit lösen konnte.

Sie hatte auch das große Glück, dass ihre Schreiblehrerin sie nach dem Schulunterricht noch bei ihr zu Hause unterrichtete. Englisch und Französisch. Dieser Sprachunterricht gehörte nicht zum Lehrplan. Die Großeltern bezahlten diesen zusätzlichen Luxus aber gerne.

Ihr Großvater meinte damals: „Wer die Welt versteht kommt weiter".

Selbstverständlich war sie auch der Dänischen Sprache mächtig, stand doch diese Region noch bis vor einigen Jahren unter der Dänischen Herrschaft von Christian IX..

Erst 1864 gewannen die Preußen den Krieg gegen die Dänen, und König Christian musste die Herzogtümer Schleswig, Holstein und Lauenburg an den Deutschen Bund abtreten.

Jetzt war Wilhelm I. ihr König.

Dänisch zu sprechen war inzwischen verpönt, waren die Menschen in Schleswig-Holstein doch froh, der dänischen Herrschaft endlich entronnen und somit frei zu sein.

Sie war dem Großvater sehr dankbar für ihre zusätzliche Bildung.

Wenngleich der Preis für ihre Bildung hoch war.

Sie hatte keine Freundinnen, weil sie den Mädchen im Ort einfach zu schlau und zu bildungshungrig war.

Auch fanden ihre Mitschülerinnen sie zu wild für ein Mädchen.

Sie benahm sich in deren Augen absonderlich, weil sie einerseits so gerne die Schule besuchte und anderseits auf dem Hof der Großeltern fast wie ein Junge aufwuchs und auch wie ein solcher ritt.

Pferde wurden schließlich woanders nur für die Arbeit gebraucht und nicht zum Vergnügen gehalten.

Welches der Mädchen im Dorf durfte denn schon mit Pferden arbeiten, oder welches Mädchen wurde mitgenommen, wenn es zur Aussaat auf die Felder ging?

Keines.

Sie alle mussten im Haushalt mithelfen, die Kühe melken, das Wasser aus den Pumpen schleppen, Essen kochen und Handarbeiten erledigen, aber doch nicht an solchen Männerarbeiten teilhaben wie Margaretha.

Und dann machte die das auch noch mit großer Freude. Trotzdem war sie im Ort sehr beliebt. Mit ihrer offenen ehrlichen Art und ihrem fröhlichen Wesen eroberte sie die Herzen der Bewohner und Besucher sehr schnell. Immer erkundigte sie sich nach deren Wohlbefinden und fragte auch nach den Angehörigen. Dadurch erfuhr sie allerhand an Neuigkeiten, die sie dann ihren Großeltern berichten konnte.

Jedenfalls würde morgen Louise kommen und für drei Tage, so war es von den Großeltern genehmigt worden, bleiben.

*

Schon früh am Morgen hörte Margaretha, die gerade vom Füttern des Federviehs aus dem Garten gekommen war, die Kutsche auf den Hof rollen.

Louise war angekommen.

Überglücklich begrüßten sie sich. Louise, in ihrem gelben Reisekleid und dem kleinen flachen Strohhut, der keck auf ihrem Kopf saß, sah aus wie der Frühling. Lachend fiel sie Margaretha in die Arme. Die Reisetasche wurde vom Kutscher, einem Bediensteten der Tante, ausgeladen und in die Küche getragen.

Hierin befand sich ein langer ovaler Esstisch aus Eichenholz, um den acht Stühle und eine lange Sitzbank mit Rückenlehne drapiert waren. Ein hoher Küchenschrank mit etlichen Fächern und Türen schmückte den Raum. Er wurde auch als Ablage für allerlei Kleinigkeiten genutzt. Kräutertöpfe verströmten einen würzigen Duft. An den Wänden hing ordentlich aufgereiht verschiedenstes Küchenzubehör. Auch einige kleine Landschaftsgemälde waren zu betrachten.

Margaretha zog ihre Freundin hinter sich her in den behaglichen Raum.

Die Großmutter, mit den Vorbereitungen für das Mittagsmahl beschäftigt, rieb sich die Hände an ihrer Schürze sauber, um Louise herzlich zu begrüßen. Sie fragte nach dem Befinden der Familie und danach, ob Louise eine angenehme Fahrt gehabt habe. Sie versprach, gleich einen guten Kaffee zu kochen.

Ungeduldig stand Margaretha daneben, wohl wissend, dass sie diese ausgetauschten Artigkeiten nicht unterbrechen durfte. Aber sobald die Gelegenheit günstig war, präsentierte sie Louise den ganzen Stolz der Großmutter. Erst kürzlich hatte der Großvater eine Küchenneuheit liefern lassen.

Eine Küchenhexe.

„Schau, Louise, hier auf der metallenen Herdplatte gibt es verschiedene Einsatzringe. Je nachdem wie groß der Topf ist, der gerade benutzt werden soll, nimmt man entsprechend viele Ringe heraus und setzt den entsprechenden Topf darauf. Und sieh doch mal wie hübsch diese Hexe aussieht. Hier vorne", erklärte sie ganz eifrig und öffnete eine der Ofentüren, „kannst du das Holz hineinlegen. So wird der ganze Ofen geheizt und die Küche gleich mit."

Die Freundin war tatsächlich verblüfft. So etwas Modernes hatte sie noch nicht zu Gesicht bekommen.

„Das macht ja viel weniger Schmutz. Und ja, wunderschön sieht er aus. Und diese elegant geschwungenen Füße. Ich glaube wohl, dass in ganz Kiel niemand so etwas Wertvolles besitzt", lobte sie begeistert.

Margaretha setzte Wasser in einem Kessel zum Kochen auf den Herd. Ihre Großmutter bestand auf dieser Tradition, jeden Gast zunächst einmal mit Kaffee zu versorgen.

Und Louise genoss diesen köstlich duftenden und so wohlschmeckenden Kaffee sehr. Drei Tassen zu trinken war nach Holsteiner Art Pflicht. Louise schaffte fast immer vier Tassen, was die Großmutter sehr zufrieden stimmte. Die gute Milch von den eigenen Kühen machte den Kaffee aber auch zu lecker. Jeder Gast des Hauses war erstaunt über den ausgesprochen guten Geschmack des Kaffees.

Die Großmutter hatte außer Margaretha noch niemandem ihr Geheimnis der Zubereitung verraten. Auf das gemahlene Kaffeepulver gab sie noch eine kleine Prise Kakaopulver und dann goss sie den Kaffeesud, wenn er einige Zeit in der Kanne abgestanden war, noch einmal durch ein Leinentuch. Dadurch blieb fast gar kein Kaffeesatz in den Tassen und der Geschmack war unvergleichlich gut.

Nachdem Louise zum Zeichen, dass sie genug getrunken hatte, die Tasse umgedreht auf den Teller stellte, verließen die jungen Frauen das Haus um Neuigkeiten auszutauschen.

Margaretha hatte versprechen müssen, nach den Friesen zu schauen und Bescheid zu geben, falls Thomas auf den Hof kommen würde. Beide wurden ermahnt, rechtzeitig zur Mittagszeit zurück zu sein.

Sie liefen, sich wie seit Kindertagen an den Händen haltend, über den mit großen Katzensteinen ausgelegten Hofplatz zur nahen Hausweide.

Die Sonne schien hell vom Himmel herunter. Lerchen mit ihrem hellen Gesang waren hoch am Himmel zu hören und die Schwalben flogen mit Futter für die Jungtiere im Schnabel um die beiden jungen Frauen herum.

Schwalben hat es auf diesem Hof schon immer gegeben. Viele Nester klebten an den Holzbalken im Pferdestall und am Außengemäuer des Hofes.

„Wo Schwalben nisten ist das Glück im Haus" freute sich die Großmutter immer Anfang April, wenn die Schwalben aus ihrem Winterquartier zurückkamen.

Greif, der große gelb-braune Mischlingshund, war den beiden Frauen gefolgt und sprang guter Dinge, vor ihnen her.

Margaretha mochte es sehr, wenn er sie begleitete. Meistens aber war er in der Nähe des Großvaters, der diesen Hund innig liebte. Es beruhte wohl auf Gegenseitigkeit, denn Greif reagierte schon auf die leisesten oder auch nur angedeuteten Kommandos des Alten.

Am Gatter stand eine braune Stute. Der ganze Stolz der Großmutter.

Die Stute schnaubte zur Begrüßung und erhielt eine der Möhren, die Margaretha vor dem Verlassen des Hauses noch schnell aus der Holzkiste gegriffen hatte. Zufrieden kaute das

Pferd die Leckerei. Bei jeder Kaubewegung bewegte sich die lange Mähne.

„Da ist immer noch Cora, Großmutters alte Lieblingsstute. Sie wird immer noch, wenn Großmutter ausfahren möchte, vor den kleinen braunen Landauer gespannt, den Großvater kürzlich extra für sie hat bauen lassen", erklärte Margaretha.

„Ist deine Großmutter immer noch so vernarrt in die braunen Pferde?", wollte Louise wissen.

„Ja, aber die Nachfrage geht mehr zu den schwarzen Pferden. Ehrlich gesagt finde ich die auch um einiges schöner. Sie sehen noch edler aus, als die braunen. Komm, Louise, ich zeige dir mein Pferd. Du wirst staunen, wie sehr es sich im letzten Jahr herausgemacht hat. Ich bin sogar schon mehrfach darauf geritten."

Damit zog sie Louise hinter sich her. Da die Koppel mit den anderen Friesen etwas weiter vom Hof entfernt lag, mussten sie auf dem Feldweg an einigen Knicks vorbeigehen.

Diese Knicks formten das so typisches Landschaftsbild dieser Region.

Die mit Sträuchern bepflanzten aufgeworfenen Erdhügel grenzten die Koppeln und Felder ein, so dass der oft starke Wind gebrochen und die Felder vor Versandungen geschützt waren.

Diesseits und jenseits der Wälle wuchs kräftiges Gras, das regelmäßig abgeerntet wurde.

Die Gräben, die die Knickfläche umgaben, dienten als Abwässerung für das Wasser. Und die Sträucher, die obenauf wuchsen, wurden immer wieder heruntergeschnitten, um als Brennholz verwendet zu werden. Viele Weiden wuchsen hier.

Sie dienten zum Flechten von Körben. Auch etliche Tiere fanden Schutz in diesem kleinen Paradies.

„Wie ich dies alles vermisst habe."

Louise genoss die Landschaft.

„Das verstehe ich gut, ich könnte nirgends anders leben als hier. Wenn ich mir nur vorstelle, dass mein Vater während der Schleswig-Holsteinischen Erhebung 1850 überlegt hatte, nach Süddeutschland zu ziehen, könnte ich weinen."

„Sag einmal, Margaretha, hast du eigentlich von dem Krieg 1864 viel mitbekommen?", fragte Louise.

„Ihr wohnt doch recht nah an den ehemaligen Kampfplätzen. Ich war damals ja nicht so häufig hier. Meine Eltern meinten zu der Zeit, dass das Reisen zu gefährlich sei. Du erinnerst dich doch sicher noch, dass wir uns nur Briefe schreiben konnten?"

„Na ja, direkt mitbekommen haben wir nichts. Die Kämpfe fanden ja mehr zwischen Kappeln, Missunde und Schleswig statt. Und das ist doch ein wenig weiter weg von uns. Aber ich weiß noch - ich war damals erst zwölf -, welche Angst meine Großeltern davor hatten, dass unsere wertvollen Pferde eingezogen werden könnten. Viele Bauern mussten Pferde und auch Vieh und Getreide hergeben. Die Truppen mussten ja ernährt werden. Und Großvater hat damals aus Sorge die Tiere zum größten Teil im Stall gelassen."

Sie waren jetzt fast an der Koppel angekommen. Margaretha erzählte weiter.

„Großmutter hat mit anderen Frauen aus dem Ort Kleidungsstücke, Lebensmittel und Verbandsmaterial gesammelt. Nachdem sie einen großen Wagen voll zusammen getragen hatten, sind einige von ihnen bis nach Fahrdorf gereist, um die Truppen mit den Gaben zu unterstützen. Den ganzen Tag waren sie unterwegs. Sie erzählte damals von den Ereignissen. Dem Kampf gegen die Dänen, den vielen Schwerverletzten, denen geholfen werden musste und den vielen Menschen, die an die Schauplätze gereist waren, um dem Kampfgeschehen zuzusehen.

Die Kanonenkugeln flogen von beiden Seiten der Schlei und auch von den Kanonenbooten, die auf der Schlei fuhren. Anfangs sah es so aus, als wenn die Dänen siegen würden. Sie konnten wohl, weil sie so lange im Land lebten, die Entfernungen für ihre Kanonen besser einschätzen als die Österreicher und Preußen, die uns zur Hilfe gekommen waren. Aber letztendlich haben unsere tapferen Krieger doch gesiegt."

„Hm, aber die Dänischgesinnten konnten sich hier kaum noch halten. Meine Mutter erzählte mir, dass ihr Bruder, der in Schleswig Krämer war und mit den Dänen immer gut zurechtgekommen war, nichts mehr verkaufen konnte. Die Menschen hassten ihn wegen seiner positiven Einstellung zu den Dänen. Er ist dann nach Kriegsende wie so viele andere nach Amerika ausgewandert. Er lebt in der Nähe von Pennsylvania. Manchmal schreibt er Briefe und berichtet, wie gut es ihm inzwischen geht. Er hat dort eine große Farm und handelt mit Getreide."

„Ja Louise, ich erinnere mich auch an eine Familie aus dem Nachbarort, die ausgewandert ist, weil sie völlig verarmt war und die Hoffnung hatte, dort im neuen Land einen guten Start zu haben. Das Ehepaar hatte vier kleine Kinder, die sie nicht mehr versorgen konnte. Aber sieh, Louise, wir sind schon da. Guck doch mal, dort hinten in der Ecke steht meine wunderbare Stute. Meine schwarze Sternenfee. Du hast sie ja lange nicht gesehen. Schau nur, wie prächtig sie sich entwickelt hat."

„Oh" war alles, was Louise sagen konnte.

Da stand wirklich das schönste Pferd, das sie je gesehen hatte. Margaretha gab laut schnalzende Geräusche von sich. Die Pferde, die friedlich auf der Weide grasten, hoben neugierig die Köpfe und setzten sich gemächlich in Bewegung.

Nur die Stute, ihre Sternenfee, trabte heran. Louisa hatte das Gefühl, dass dieses Pferd nicht trabte, sondern heranschwebte. Majestätisch näherte sich das Pferd. Dass so ein großes kräftiges Pferd sich so elegant bewegen konnte, war kaum zu glauben. Es verschlug ihr fast den Atem. Die Mähne des Pferdes hob und senkte sich, fiel weit am Hals herunter, der Schweif war aufgerichtet, ein Wiehern zur Begrüßung klang zu ihnen herüber, und schon stand diese Schönheit neben den anderen Pferden am Gatter.

„Na, habe ich zu viel versprochen?", fragte Margaretha sichtlich stolz. „Ist sie nicht umwerfend schön?"

„Ja, und ich muss gestehen, dieses Pferd verschlägt mir die Sprache."

Trotz der langen Kleider kletterten die Frauen über das Gatter. Margaretha war im Nu auf der anderen Seite, Louise brauchte etwas länger.

Sie trug noch ihr gutes Reisekleid und wollte es nicht zerreißen, darum raffte sie es behutsam und kicherte:

„Hoffentlich sieht mich hier keiner mit meinem hoch gerafften Rock."

Die Pferde waren so ruhig und sanft, so sehr vertraut mit Menschen, dass sie die gereichten Möhren wie selbstverständlich entgegen nahmen. Margaretha klopfte jedes Tier. Louise stand noch etwas schüchtern daneben. Sie musste sich erst wieder einfinden.

In Kiel hatte sie keine große Nähe zu Pferden. Dort waren die Tiere immer schon vor die Karren oder Kutschen gespannt, so dass gar kein Kontakt hergestellt wurde.

„Bist du wirklich schon auf deinem Pferd geritten, Margaretha? Du hast doch gar keinen Sattel hier? Sag nicht, dass du einfach so geritten bist."

„Doch nicht mit einem Sattel, das hätte Großvater doch gemerkt. Eines Tages bin ich vom Gatter aus ganz behutsam auf ihren Rücken gestiegen. Stell dir vor, sie hat sich nicht gerührt. Keinen Schritt ist sie gegangen. Dann bin ich langsam wieder heruntergestiegen, und sie wusste wohl, dass ihr nichts geschieht."

„Margaretha, das ist nicht dein Ernst. Wie ein Junge ohne Sattel? Das schickt sich doch wirklich nicht", mokierte sich Louise.

Margarethas Gesicht strahlte, als sie antwortete, dass das aber genau das sei, was ihr so viel Spaß brachte.

„Und als ich es dann wieder versuchte, ging Sternenfee ganz langsam einige Schritte voran. Ich hatte das Gefühl, dass sie eher um mich besorgt war, als dass sie Angst vor dem ungewohnten Gewicht auf ihrem Rücken hatte. Ach, Louise, es ist so schön, dir erzählen zu können, was ich die ganze Zeit für mich behalten musste. Und ob es sich schickt oder nicht, ist mir egal."

Eine Weile hielten sie sich noch bei den Pferden auf und kehrten dann, sich wieder an den Händen haltend, plaudernd und kichernd zum Hof zurück, um rechtzeitig zum Mittagessen mit dem zwölften Glockenschlag dort zu sein.

Zwischendurch blieben sie einige Zeit stehen, weil sie an einem Loch der Erdhummeln vorbeigekommen waren.

Das emsige Summen der fleißigen Insekten hatte sie aufmerksam werden lassen.

„Hör doch nur, Louise, es klingt als würden sie singen. Bsssssd, bssssssd, suuuuum, das hört sich doch an wie Musik?"

„Stimmt. Ich fand es immer schon sehr beruhigend, dieses Hummelgesumm zu hören. Wenn ich im Garten sitze und lese, habe ich mich oft von ihrem Summen ablenken lassen.

Ich mag diese kleinen Tiere sehr gerne. Und ist es nicht erstaunlich, dass diese kleinen Flügel so ein großes Insekt tragen können? Eigentlich müsste man doch glauben, dass sie gar nicht fliegen könnten. Bei dem Gewicht, das sie tragen. Aber sie wissen wohl nichts von Einschränkungen und fliegen trotzdem. Ja, sie tun es einfach. Wenn wir doch auch so wären und etwas tun könnten, was eigentlich gar nicht möglich ist", seufzte Louise. „Aber wir müssen jetzt zurück, Margaretha, sonst schimpft deine Großmutter mit uns."

Greif war plötzlich an ihrer Seite und hüpfte fröhlich zwischen den Frauen hin und her. Margaretha erzählte ihrer Freundin, dass das Reetdach des Wohnhauses zum Teil neu eingedeckt werden sollte.

„Großvater hat mit dem Knecht im Winter genügend Reet am Seeufer schneiden können. Im Januar hatten wir kräftigen Frost und trockene Luft. Völlig durchgefroren, aber zufrieden sind sie mit einem Karren voller Reet zurückgekommen."

In der Küche angekommen legten die Frauen hübsche mit Tulpen verzierte Keramikteller und Holzlöffel auf den großen ovalen Eichentisch, damit die Männer, wenn sie zum Essen hereinkamen, gleich zugreifen konnten.

Hier brauchten die Arbeiter, wie sonst üblich, keine eigenen Löffel mitzubringen. Hier waren genügend Holzlöffel vorhanden. Natürlich gab es auch einiges an Silberbesteck, aber das wurde nur zu besonderen Anlässen herausgelegt.

Ein großer Topf mit herrlich würzig duftendem Eintopf wurde von der Großmutter auf den Tisch gestellt. Ein frisch gebackenes Brot lag dort schon in dicke Scheiben geschnitten in einem Brotkorb.

Der Großvater, ein kräftiger Mann mit sehr gerader Haltung, kam in seiner derben Arbeitskleidung herein. Seine Pfeife hielt er in der Hand. Die grauen Haare standen ihm etwas wirr vom Kopf, weil er die Mütze gerade erst abgenommen hatte. Sein wettergegerbtes Gesicht strahlte Freundlichkeit aus und die hellblauen Augen schienen immer zu lachen.

„Na so was, Besuch ist da. Herzlich willkommen Louise. Da freut sich Margaretha aber schon seit Wochen drauf. Komm, Kind, lass dich umarmen."

Die beiden mochten sich immer schon sehr gerne. Und so lief Louise lächelnd auf ihn zu, um ihn zu begrüßen. Der schon recht betagte Knecht Marten mit seinem krummen Rücken und der junge Stallbursche Franz, der leicht hinkte, weil er im Krieg einen Säbelstich in den Oberschenkel bekommen hatte, kamen dazu.

Wortkarg wie die beiden waren, kam nur ein knappes, aber dennoch freundliches „Moin". Damit setzten sie sich auf die Holzbänke vor den Tisch und griffen herzhaft zu.

Diese Zeremonie schätzte Louise sehr. Zu Hause in Kiel saß sie nur mit ihren Eltern am Tisch. Dort käme es gar nicht in Frage, dass das Personal sich dazu gesellte. Hier war es hingegen so richtig spannend. Immer wurde beim Essen geredet. Alltägliches wurde besprochen. Arbeitsaufgaben wurden verteilt. Auch mal ein kleiner Tratsch über diesen oder jenen abgehalten. Aber nie gehässig, dafür oft genug mit Humor.

„Ich bin vorhin Thomas begegnet", berichtete der Großvater. „Er kommt morgen. Wir wollen mal sehen, wie sich die Dreijährigen unter dem Sattel machen. Wir holen die Pferde dann gleich am frühen Morgen hier zur Hauskoppel. Margaretha, Louise, wollt ihr dabei sein, oder habt ihr anderes zu erledigen?" fragte er mit schelmischem Augenzwinkern, wohl wissend, dass seine Enkelin sich diesen Augenblick auf keinen Fall entgehen lassen würde.

„Außerdem soll er mit einem Wagenrad zum Stellmacher. Eine Speiche ist gebrochen und muss dringend repariert werden. Und die Dreijährigen sollen Eisen angepasst bekommen, das kann dann gleich beim Schmied in Auftrag gegeben werden. Vermutlich hat der in dieser Woche noch Zeit die Pferde zu beschlagen. Und dann kommt noch in dieser Woche der Reetdecker, um das Dach auszubessern. Vielleicht kann Thomas dabei auch zur Hand gehen. Wir wollen doch mal sehen, dass wir die Reisenden ordentlich satt kriegen", fügte er schmunzelnd hinzu.

Margaretha strengte sich sehr an gleichgültig zu tun. Ihr Herz klopfte heftig, als sie an Thomas dachte. Sie freute sich darauf, ihn am nächsten Tag zu sehen. Gleich nach der Mahlzeit wollte sie mit Louise über ihn reden.

Nachdem die Männer wieder an ihre jeweiligen Aufgaben gegangen waren, musste Margaretha noch eine ihrer täglichen Aufgaben erfüllen und Wasser aus der Pumpe im Hof für das Federvieh pumpen. Für die Küche war das Wasserschöpfen nicht notwendig. Hier hatte der Großvater schon vor Jahren eine Leitung legen lassen. So dass die Arbeit dadurch extrem erleichtert wurde.

Die Mittagssonne schien warm, die Aufgabe war schnell erledigt und so konnten sie und Louise sich dem Müßiggang hingeben.

Im urigen Bauerngarten standen Korbstühle und ein kleiner Eichentisch. Die Gartenmöbel blieben jetzt bis zum Herbst draußen stehen. Wind und Wetter hatten zwar ihre Spuren hinterlassen, aber das tat der Gemütlichkeit keinen Abbruch.

Zur linken Seite schützte die Mauer des langgezogenen Pferde- und Viehstalles und zur rechten war der Garten mit einer niedrigen Steinmauer, die als Windschutz diente, umgeben. Über und über war diese mit Efeu und Kletterrosen bewachsen. Der Garten lag so nur zur Südseite offen.

Schmale Gehwege, die mit Holzschnipseln gegen Feuchtigkeit ausgelegt waren, führten zu mit kurzen Buchsbaumhecken eingefassten Beeten.

In diesen Beeten wuchsen die verschiedensten Kräuter wie Petersilie, Beinwell, Thymian und Rosmarin. Der ganze Stolz der Großmutter. In anderen Beeten waren längst Möhren ausgesät und Kartoffeln gepflanzt worden. Auch Levkojen und Goldrute würden demnächst erblühen. Zwischen all dem wuchsen Wildblumen und verströmten ihren betörenden Duft.

Am Ende der Beete gab es gegeneinander gestellte lange Zweige an denen später die Bohnen ranken würden und gleich daneben ein ebensolches Gestell für die Erbsen. Es war eine Oase der Ruhe und Behaglichkeit.

Kaum saßen die jungen Frauen auf den Korbstühlen, kamen auch schon kleine noch flauschige Kätzchen angesprungen.

„Das sind unsere ersten Maikätzchen, Louise, sind die nicht entzückend?"

Die drei kleinen grau getigerten Wesen kuschelten sich behaglich auf Louises Schoß und ließen sich gerne kraulen. Sie dankten diese Zuwendung mit lautem Schnurren.

Jetzt war es für Margaretha endlich an der Zeit, um Louise von Thomas vorzuschwärmen.

„Er sieht so gut aus, findest du nicht auch Louise?" fragte sie neugierig.

Louise murmelte nur ein leichtes mmh.

„Er ist so talentiert, so lustig und unterhaltsam, findest du nicht auch Louise?"

Wieder nur ein mmh.

„Er ist so stark, hat einen schönen Körper. Und seinem Lächeln kann man doch gar nicht widerstehen, findest du nicht auch Louise?"

Wieder nur ein mmh.

Margaretha merkte erst jetzt, dass die Freundin nicht so reagierte, wie sie es sich gewünscht hatte. Sie teilte ihre Schwärmerei nicht, und stellte keine Fragen, streichelte nur unentwegt die Katzenbabys ohne aufzusehen.

Margaretha spielte nervös mit ihrer Bernsteinkette. Ein Erbstück ihrer Mutter, welche die Kette wiederum von ihrer Mutter, und die von ihrer Mutter usw. erhalten hatte. Der Bernstein soll uralt sein. Lediglich das Lederband war im laufe der Zeit ausgetauscht worden. Diesen einige Zentimeter großen Anhänger trug sie ständig. Es gab kaum eine Gelegenheit, bei der sie das Schmuckstück ablegte. Immer wenn sie nervös war oder in einer Situation nicht weiterwusste, spielte sie an dem Lederband oder an dem Bernsteinanhänger. Ihr war dann, als käme ihre Mutter ihr zu Hilfe. Auf jeden Fall beruhigte es sie.

„Was ist mit dir, Louise? Warum sagst du nichts? Ich dachte, du magst Thomas auch? Oder ist es genau das? Magst du ihn etwa genauso wie ich?"

„Ach, Blödsinn, Margaretha. Ja, ich mag ihn auch. Aber so begeistert wie du bin ich nun einmal nicht. Und überhaupt. Überlege doch mal. Ein Reisender ist er. Was willst du mit so einem?"

Margaretha war perplex. Das hatte sie nicht erwartet.

Nicht von Louise. Sie hatte das Gefühl, dass in ihr etwas zerbrach. Irgendetwas war plötzlich anders als sonst. Was war nur los?

Plötzlich sprang Greif auf die beiden Frauen zu. Als hätte er sie ewig nicht gesehen, gebärdete er sich in seiner Freude wie ein junger, ausgelassener Hund. Sprang zur einen und zur anderen, hechelte voller Wiedersehensfreude und wedelte dabei mit dem Schwanz. Beide mussten darüber sehr lachen und das Eis war wieder gebrochen.

„Ach komm, lass uns das schöne Wetter genießen und noch ein wenig in dieser herrlichen Landschaft spazieren", schlug Louise vor.

Da der lang gezogene Hof auf der Anhöhe gebaut war, war schon von hier ein Blick lohnenswert. Ganz weit hinten war ein Teil der Hüttener Berge zu sehen und weiter unten lag das Dorf, zu dem der Hof gehörte.

Louise lenkte die Aufmerksamkeit ihrer Freundin auf die Eisenbahn, mit der sie selbst das erste Mal gereist war. Von Kiel nach Hamburg Altona. Was für eine Zeitersparnis.

Statt fast zwölf Stunden mit der Kutsche über zum Teil unbefestigte Wege zu reisen, ging es jetzt in knapp drei Stunden voran. Margaretha war jetzt ganz Ohr. Louise war mit der Eisenbahn gereist. Davon wollte sie natürlich unbedingt mehr wissen.

„Weißt du, Großvater hat mir vor einigen Jahren ein zauberhaftes Gedicht von einer Dithmarscher Dichterin mitgebracht. „De Fahrt na de Isenbahn". Ich glaube, die Frau hieß Sophie Dethleffs. Wenn ich mich recht erinnere, erzählte mein Großvater, dass dieses Gedicht in Dithmarschen von den Leuten auswendig aufgesagt werden konnte. Und das bei 352 Zeilen! Stell dir das mal vor. Ich habe jedenfalls sehr genossen, es zu lesen. Oh, siehst du den Storch dahinten, Louise?"

Sie war kurz abgelenkt, weil sie Störche so gern hatte.

Margaretha erzählte weiter.

„Sag, Louise, geht es bei der Bahn wirklich so zu, wie in diesem Gedicht beschrieben? Dass dort so großes Gedränge herrscht, die Leute hektisch ein- und aussteigen. Und ein Mann, der Schaffner, den Zug mit einem Pfiff aus seiner Trillerpfeife dazu bringt, dass er weiterfährt? Und tatsächlich alles ohne Pferde? Und so laut? Und ganz viel Dampf aus dem Schornstein des Zuges? Ich kann mir das nicht vorstellen. Hattest du Angst?"

Die Fragen stellte sie vor Aufregung eine nach der anderen, ohne dass Louise dazu kam, auf einzelne einzugehen.

Endlich kam sie lachend über Margarethas Eifer zum Antworten.

„Nein, nur am Anfang war mir ein bisschen merkwürdig zu Mute. Ich wusste ja auch nicht, was passieren würde, wenn der Zug sich in Bewegung setzen würde. Aber ganz ehrlich, Margaretha, es war umwerfend. Man sitzt ganz gemütlich in bequemen Bänken. Es gibt Fenster, die geöffnet werden können, und kleine Gardinen hängen davor. Ich habe gleich eines der Fenster aufgemacht, um hinaus zu sehen und alles genau mitzukriegen. Es war sehr laut und alles roch nach Qualm, aber als der Zug schon eine Weile fuhr, war es nur noch schön. Du glaubst gar nicht, wie schnell die Landschaft vorüberflog. Kein einziges Schlagloch, wie bei der Fahrt mit der Kutsche. Und während der Fahrt kannst du dich mit anderen Leuten unterhalten. Es war ein ganz besonderes Erlebnis. Du musst unbedingt bald einmal eine Fahrt mit so einer Eisenbahn machen. Vielleicht erlauben deine Großeltern, dass du mich einmal in Kiel besuchen kommst und wir gemeinsam eine Fahrt mit der Bahn machen können. Oder du kommst direkt von Schleswig nach Kiel. Schließlich gibt es die Verbindung schon seit zwei Jahren.“

Nicht ganz zufällig waren sie inzwischen an die Lichtung gekommen, wo die Reisenden ihr Lager hatten. Margaretha hatte zunächst diesen Weg eingeschlagen, weil Louise hier einen netten Blick auf die hügelige Landschaft hatte. Dann war ihr aber bewusst, wohin ihre Schritte sie lenkten und es war ihr recht so. Und jetzt waren sie fast da.

Louisa blieb stehen und sah Margaretha vorwurfsvoll an.

„Das war Absicht, oder?“

„Am Anfang nicht, aber dann waren wir in der Nähe und ich dachte, wir schauen mal, wer zu Hause ist“, gab Margaretha ehrlich zu.

Thomas war nicht zu sehen. Herr Karl und die anderen auch nicht. Einzig Frau Elsabea saß vor einem der Zelte. Frau Elsabea, die sie herzlich begrüßte, berichtete, dass die anderen unterwegs seien, um Waren zu verkaufen. Die jungen Frauen wurden in das Zelt gebeten, in dem Frau Elsabea lebte.

Den angebotenen Brennnesseltee lehnten sie höflich ab. Sie gaben vor, keine Zeit zu haben, weil sie noch einen längeren Spaziergang machen wollten. Louise fühlte sich sichtlich unwohl. Ihr war Frau Elsabea nicht ganz geheuer. Die dunklen Haare, die dunklen Augen, aber vor allem der durchdringende Blick der Frau bereiteten ihr Unbehagen. Margaretha hingegen plauderte munter drauf los.

„Gib mir mal deine Hand, Louise", wurde sie von Frau Elsabea angesprochen. „Ich will dir die Zukunft lesen."

Ohne es eigentlich zu wollen, reichte sie ihre Hand. Lange schaute die Frau in die dargereichte Handfläche. Sehr ernst schaute sie Louise an.

„Was ist, was sehen sie?", fragte diese beunruhigt wegen des ernsten Gesichtsausdrucks.

„Alles ist gut. Du wirst ein glückliches Leben haben. Mehr kann ich nicht erkennen", war die wenig zufrieden stellende Antwort.

„Aber sie haben so ernst, ja fast besorgt ausgesehen. Haben sie wirklich nichts weiter gesehen?", fragte Louise nach.

„Nein, es ist alles gut. Ich habe mich nur sehr auf deine Hand konzentriert", bekam sie zur Antwort.

Damit drehte sich Frau Elsabea zu Margaretha.

„Na, und du, Feuerhaar, wie sieht es wohl bei dir aus? Soll ich dir auch die Zukunft lesen, dann reiche mir deine Hand."

Margaretha fand es sehr spannend und reichte ihre Hand. Frau Elsabea schaute die Handlinien ganz genau an. Ein erschrockenes „ Oh „ war zunächst alles, was sie sagte.

„Was ist, Frau Elsabea, was sehen sie, was erschreckt sie so sehr?", fragte Margaretha beunruhigt.

„Nichts, Kind, es ist alles in Ordnung. Ein schönes Leben hast du vor dir und eine Hochzeit wird demnächst geplant. Aber so leid es mir tut, ihr müsst jetzt gehen. Ich habe noch zu viel zu erledigen. Kommt bald einmal wieder, wenn ihr in der Nähe seid."

Damit scheuchte sie die beiden fast aus dem Zelt.

Margaretha war mit der Auskunft, die sie bekommen hatte, ganz zufrieden.

Eine Hochzeit hörte sich aber auch sehr vielversprechend an. Louise hingegen war beunruhigt. Ihr ging das erschrockene Gesicht der Frau nicht aus dem Kopf. Sie war sicher, dass die Frau nicht die Wahrheit gesagt hatte. Zumindest hatte sie etwas verschwiegen. Und das bedrückte sie sehr. Das muntere Geplauder von Margaretha lenkte sie aber in kurzer Zeit von ihren Sorgen ab.

Beschwingt spazierten sie zurück zum Hof. An den Wegesrändern blühten schon etliche Blumen, und es wimmelte von Mücken, Schmetterlingen und Honigbienen.

Ein alter Mann kam ihnen entgegen. Er schwitzte stark. Mit einem karierten Taschentuch wischte er sich immer wieder über seinen kahlen Kopf um die Schweißtropfen nicht ins Gesicht laufen zu lassen. Sie grüßten sich freundlich und gingen ihrer Wege.

Kurze Zeit später standen sie wieder an der Hauskoppel und streichelten die braune Cora. Die Sonne ging allmählich unter.

Es wurde Zeit, der Großmutter bei den Vorbereitungen für das Abendessen zu helfen. Wie jeden Abend gab es Gerstengrütze. In diesem Haus gut mit Zucker gesüßt.

Die Männer kamen auch schon hungrig von den erledigten Arbeiten ins Haus. Sie waren zu erschöpft und zu müde, um noch großartig zu erzählen. So war die Mahlzeit schnell beendet und nachdem die Knechte aus dem Haus waren, der Großvater sich mit seiner Pfeife zurückgezogen hatte und die Frauen die Küche gereinigt hatten, trafen sie vor dem Haus auf der davorstehenden Holzbank zusammen, um den Abendfrieden zu genießen.

Still hörten sie den Liedern der Amseln und Drosseln zu.

Die tiefrot untergehende Sonne beleuchtete inzwischen die vorüber ziehenden Wolken.

Wenig später begaben sie sich wegen der einsetzenden Dunkelheit ins Wohnzimmer, wo die Großmutter die Lampen und Kerzen anzündete. Großmutter holte die Wollknäuel hervor um zu stricken, Margaretha und Louise setzten sich auf das gemütliche Sofa, der Großvater hatte sich vor dem Kachelofen in seinen bequemen Lehnstuhl, der mit Leder bezogen war, gesetzt. Qualmwolken stiegen aus seiner Pfeife auf.

„Hattet ihr beiden einen schönen Tag? Erzählt doch mal, was ihr erlebt hat", forderte der Großvater auf.

Sie erzählten abwechselnd, ließen aber die Wahrsagerin aus. Wohl wissend, dass es den beiden Alten nicht gefallen hätte.

Louise dankte noch einmal, dass sie einige Tage bleiben durfte und schwärmte eine ganze Weile von der wunderschönen Landschaft und den Friesen, bevor sie sich für die Nacht fertig machten.

Louise bat Margaretha, ihr die lange Haarpracht kämmen zu dürfen. Mit Freude machte sie sich über die fast bis auf den Rücken reichenden lockigen Haare her und kämmte sie mit Eifer bis sie glänzten.

Margaretha und Louise schliefen wie seit Kindertagen gemeinsam in Margarethas Bett. Sie kuschelten sich aneinander und flüsternd, damit die Großeltern nicht geweckt wurden, unterhielten sie sich noch ein Weilchen, bevor sie dann einschliefen.

*

Der nächste Morgen begann mit genauso schönem Wetter, wie der vorherige geendet hatte.

Margaretha erledigte zunächst ihre üblichen Pflichten, begleitet von Louise, die sich ihr Frühstück erst verdienen wollte. Auf diesem Hof wurden von jeher erst die Tiere versorgt, bevor die Menschen an der Reihe waren.

Gemeinsam fütterten sie das Federvieh und Louise amüsierte sich köstlich über das aufgeregte Schnattern der Enten, das Gackern der Hühner und das Krähen des stolzen Hahns. Die Tiere stürzten sich auf die zugeworfenen Getreidekörner und pickten sie begierig auf.

In den Schweinekoben wollte Louise nicht. Sie wartete, bis ihre Freundin die Tiere in den Pferch gelassen hatte. Kräftige Schweine kamen herausgestürzt und machten sich daran, grunzend in der Erde nach Futter zu wühlen. Kleine Ferkel, sieben Stück, quiekten laut und sprangen munter um die Muttersau herum.

„Margaretha, genau das habe ich vermisst. Das haben wir in der Stadt nicht. Mir bringt es so viel Spaß, dir bei deiner Arbeit zu helfen. Aber jetzt habe ich gewaltigen Hunger. Wir sind doch jetzt fertig, oder?"

„Ja, sind wir", lachte Margaretha und lief schnell voraus Richtung Küche. Hier wartete ein köstliches Frühstück auf die Frauen und auch auf die Männer, die schon einige Arbeitsstunden hinter sich hatten. Es wurde kräftig zugelangt. Nicht nur Gerstengrütze, auch gebratene Eier, Speck und Brot, selbst köstlicher Honig und natürlich frische Milch von den eigenen Kühen waren aufgetischt worden.

Margaretha war ein wenig abwesend und aufgeregt. Heute sollte ja Thomas auf den Hof kommen.

Sie hoffte, ihn nicht zu verpassen.

Die Großmutter bat die Freundinnen beim Krämer im Ort einige Kleinigkeiten zu besorgen. Also griffen sie sich je einen der geflochtenen Weidenkörbe und schlenderten los.

Getrocknete Erbsen, Seife, Zucker und Käse sollten eingekauft werden. Vieles war auf dem Hof durch die überwiegende Selbstversorgung zwar vorhanden, aber es gab immer wieder Dinge, die zugekauft werden mussten. Da Margaretha viel Freude daran hatte, durfte sie zumeist die Einkäufe erledigen.

Wenn es nur Kleinigkeiten waren, so wie heute, erledigte sie diese Aufgabe zu Fuß. Ansonsten nahm sie Pferd und Fuhrwerk.

Um bis zu dem Krämerladen zu kommen, brauchten sie bei zügigem Schritt nur etwa fünfzehn Minuten.

Viele Menschen waren unterwegs. Eine Gruppe lachender Kinder rannte an ihnen vorbei. Sie hatten einen leeren Sack bei sich. Vielleicht mussten sie auf einem der umliegenden Höfe etwas Essbares für die Eltern erbetteln. Einige Arbeiter waren auf dem Weg zu ihren Arbeitsplätzen, einige Fuhrwerke in verschiedenen Richtungen unterwegs, auch Frauen, die einen kleinen Plausch hielten. Ständig war Margaretha am Grüßen, Zuwinken und freundliche Worte rufen.

Das Dorf war nicht groß, hier gab es knapp einhundert kleinere und größere Häuser. Fast alle mit Reet gedeckt und mit kleinen Vorgärten versehen in denen die ersten Frühjahrsblumen blühten. Man kannte sich. Nicht immer persönlich, aber doch vom Sehen. Und Höflichkeit wurde in dieser Gegend groß geschrieben.

Der Krämerladen lag fast mitten im Dorf.

„Na, Margaretha und Louise, das ist ja eine Freude euch zu sehen, was braucht die Großmutter denn heute?", wurden sie freundlich von Herrn Gosch, dem Inhaber begrüßt.

Er führte den Laden schon so lange, wie Margaretha denken konnte. Auch seine Frau und der dicke, etwas schwerfällige Lehrbursche waren im Laden anwesend. Der Verkaufsraum war trotz des großen Fensters, das zur Straße lag, und trotz der zumeist offen stehenden Ladentür recht dunkel. Vermutlich weil er mit Waren verschiedenster Art überfüllt war. Margaretha wunderte sich jedes Mal, dass die gewünschten Sachen dennoch so schnell gefunden wurden. Herr Gosch wusste genau, wo alles lag. Vom Pferdesattel über Handwerkszeug und Körbe, von Arbeitshosen für die Männer und Kleider für die Frauen, bis hin zu Stiefeln und Schuhen, von Mehl, Graupen und Gewürzen bis hin zu Süßigkeiten war hier einfach alles zu bekommen.

Herr Gosch führte sogar französische Seife, die nach Lavendel duftete. Und genau die sollte Margaretha für die Großmutter kaufen. Ein Geruch nach diesem und jenem hing in der Luft. Die Waren wurden abgewogen, zum Teil in Papier gewickelt, und anschließend wurde alles im Kundenbuch eingetragen. Bezahlt wurde einmal im Monat vom Großvater. Das war so üblich.

Schon immer bekam Margaretha nach erfolgtem Einkauf einen Zuckerbonbon.

„Damit der Weg nach Hause nicht so lang wird", wie Herr Gosch und seine Frau immer sagten. So bekamen beide Frauen auch heute ihren Bonbon. Mit Genuss lutschten sie ihn gleich, nachdem sie den Laden verlassen hatten.

„Ob du diesen Bonbon auch noch bekommst, wenn du eine alte Frau bist?", lachte Louise.

„Ich hätte nichts dagegen. Jedenfalls freue ich mich immer. Es würde mir auch fehlen, wenn plötzlich kein Bonbon zum Abschied gereicht würde", antwortete Margaretha und schwang fröhlich den Einkaufskorb hin und her.

Sie hatte es jetzt eilig, wieder auf den Hof zu kommen, denn schließlich wurde Thomas erwartet. Vielleicht war er sogar schon da?

Zügig legte sie die eingekauften Waren in der Küche auf den Tisch. Großmutter schaute immer gerne noch einmal, ob alles zu ihrer Zufriedenheit erledigt worden war.

„Na, das habt ihr ja gut gemacht. Dann gebe ich dir für den Rest des Tages frei, Margaretha. Du hast sicher genug mit Louise zu besprechen. Ach ja, falls es euch interessiert. Thomas ist mit dem Großvater auf der Hauskoppel. Die Dreijährigen haben sie schon geholt. Mal sehen, wie die beiden das Einreiten hinkriegen. Ich komme auch nachher noch vorbei, um kurz zuzusehen. Viel Spaß wünsche ich euch. Heute Mittag ist dann eine würzige Erbsensuppe mit Speck und Fleisch für euch fertig. Ach ja, Margaretha, frag deinen Großvater doch, welche Überraschung er sich für euch ausgedacht hat."

Lachend scheuchte sie die Freundinnen zur Küchentür hinaus. Margaretha liebte ihre Großmutter. Ihr faltiges Gesicht strahlte so viel Güte und Wärme aus, nie war ein böses Wort von ihr zu hören. Im Gegenteil - immer zeigte sie Verständnis für Margarethas Eigenheiten. Sie sagte oft „Du bist alles, was uns geblieben ist und dafür danke ich dem Herrgott jeden Tag."

Gespannt liefen sie zur Hauskoppel und wirklich, er war da. Thomas war auf der Koppel mit einem der Friesen beschäftigt. Ein Halfter hatte er dem Tier wohl gerade umgelegt. Er führte es daran im Kreis herum.

Großvater stand am Gatter. Seine Pfeife hing ihm wie immer in den Mundwinkeln. Mit beiden Armen hatte er sich auf das Gatter gelehnt.

„So, Thomas, komm mal langsam rüber. Wir wollen den Sattel auflegen. Ich denke, es könnte jetzt gehen."

„Hallo Margaretha, hallo Louise, schön euch zu sehen", rief Thomas ihnen freundlich zu.

Sie erwiderten den Gruß und gesellten sich zum Großvater. Der nickte ihnen mit seinen lachenden Augen zu, konzentrierte sich dann aber auf das Pferd. Wie üblich, durften die Tiere jedes neue Teil, mit dem sie künftig zu tun haben würden, zunächst beschnuppern. Es war wichtig, dass sie von Anfang an Vertrauen zu neuen Gegenständen fassen konnten. So bekamen diese sensiblen Pferde Sicherheit und machten keine schlechten Erfahrungen.

Margaretha wusste, dass der Moment um nach der Überraschung zu fragen, nicht passend wäre. Sie war sowieso mehr auf Thomas fixiert. Seine Sanftheit, mit der er mit den Pferden umging, berührte sie sehr.

Behutsam war aber auch der Großvater. Langsam wurde den beiden Tieren abwechselnd der Sattel aufgelegt. Immer nur wenige Augenblicke, damit sie sich an das neue fremde Gewicht auf ihren Rücken gewöhnen konnten. Dann wurden sie einige Schritte geführt und erhielten Zuspruch. Danach wurde der Sattel wieder abgenommen. Das wurde mehrere Male wiederholt. Jetzt zog Thomas sich langsam in den Sattel hoch, blieb einige Augenblicke auf dem Rücken des Pferdes liegen und glitt wieder herunter. Auch das wurde einige Male bei beiden Pferden wiederholt.

Margaretha und Louise waren aufmerksame Zuschauerinnen. Die Zeit verging im Fluge, schon schlug die Glocke der nahen Kirche zwölfmal. Die Frauen eilten zur Küche.

Der Tisch musste schnell gedeckt werden. Knecht und der Stallbursche warteten schon vor der Tür. Mit schlechtem Gewissen, weil sie nicht auf die Zeit geachtet hatte, wollte Margaretha sich bei der Großmutter entschuldigen. Aber die lachte nur. Alles war schon vorbereitet. Der Topf mit der dampfenden Erbsensuppe stand schon auf dem Tisch. Nachdem alle Platz genommen hatten, wurden mit der großen hölzernen Suppenkelle die Teller gefüllt. Alle griffen herzhaft zu und ließen es sich schmecken. Margaretha sah ständig zu Thomas und freute sich, mit ihm an einem Tisch zu sitzen. Allerdings ignorierte er sie ziemlich. Vielleicht aus Respekt vor den Großeltern? Er unterhielt sich mit dem Alten und sie waren einig darin, dass es mit den Pferden ganz hervorragend voranging.

„Was ist eigentlich mit Margarethas schwarzem Friesen? Der müsste doch in diesem Jahr auch soweit sein, dass er eingeritten werden müsste?", wollte Thomas wissen.

„Ja, das ist richtig. Aber erst einmal sind die beiden anderen dran. Wenn dann noch Zeit ist, kannst du dir Margarethas Sternenfee noch vornehmen. Sonst muss sie noch warten", gab der Großvater zur Antwort.

Margaretha wollte zunächst heftig protestieren, war aber schlau genug, den Mund zu halten, um den Großvater nicht zu verärgern. Er würde schon wissen, in welcher Reihenfolge die Pferde dran waren. Außerdem sollten die Dreijährigen verkauft werden und das ging auf jeden Fall vor. Trotzdem konnte sie sich nicht verkneifen zu fragen, ob sie ihr Pferd nicht selbst einreiten dürfte.

„Margaretha, ich glaube zwar, dass du dazu tatsächlich in der Lage bist, hast ja oft genug zugesehen. Aber mir wäre lieber, wenn du dich in Geduld üben würdest und wartest, bis ich eine Entscheidung gefällt habe. Lass es bitte damit erst einmal gut sein."

Die Antwort war zu erwarten gewesen. Die Worte kamen keineswegs böse. Eher amüsierte der Alte sich über den Eifer seiner Enkelin. Thomas grinste und zwinkerte ihr zu, so dass sie vor Verlegenheit rot anlief. Sie wollte schnell ablenken und fragte:

„Großvater, welche Überraschung hast du dir für Louise und mich ausgedacht?"

„Ah, das möchtest du wissen? Na, Louise guckt ja auch schon ganz neugierig."

Er schmunzelte gut gelaunt. „Morgen habe ich in Schleswig zu tun und da dachte ich, dass wir zu viert einen kleinen Ausflug machen. Thomas guckt nachher noch, ob der Landauer in Ordnung ist. Und wenn das Wetter so bleibt wie heute, fahre ich meine drei Damen gerne nach Schleswig. Ihr könntet dort den Dom besichtigen und ein wenig bummeln. Ist ja eine große Stadt und versprochen hatte ich es schon lange."

Das war eine so wunderschöne Idee, dass sich Margaretha und Louise vor Begeisterung gar nicht wieder einkriegen konnten. Sie sprangen auf, umarmten die Großeltern und tanzten vor Freude durch die Küche. Die Alten und auch die anwesenden Männern schmunzelten bei diesem Anblick. Was für eine Aufregung.

„Schlag fünf müsst ihr aber reisefertig sein, sonst fahre ich ohne euch und nehme nur die Großmutter mit", neckte der Alte die Freundinnen. Die kicherten und alberten miteinander, weil sie sich so sehr auf die Fahrt freuten.

Den Nachmittag verbrachten sie damit, bei der Pferdearbeit zuzusehen. Die gutmütigen ruhigen Pferde stellten sich sehr geschickt an und so dauerte es nicht lange, bis sie unter der behutsamen Arbeit von Thomas den Sattel und auch ihn trugen. Alle waren zufrieden und Margaretha hegte die Hoffnung, dass ihre Sternenfee auch noch eingeritten würde.

Allerdings glaubte sie, dass das gar nicht mehr nötig wäre. Sie war ja schon auf ihrem Pferd geritten und war sich sicher, dass der Sattel kein Problem darstellen würde.

Der Großvater machte ihre Hoffnung jedoch zunichte, indem er meinte, dass Margaretha mit Thomas die beiden Dreijährigen zum Schmied ins Dorf führen sollte, damit sie Hufeisen angepasst bekämen. Enttäuscht war sie, weil sie wusste, dass anschließend keine Zeit mehr vorhanden wäre, um ihre Sternenfee einreiten zu lassen, aber es war natürlich unvergleichlich schöner, mit Thomas ins Dorf zu gehen, als hier nur herumzustehen.

Louise wollte nicht mit. Sie zog es vor, der Großmutter solange bei der Hausarbeit oder bei der Wäsche zu helfen. Zwar gab es eine Waschfrau aus dem Dorf, aber die kam nur alle vierzehn Tage für die große Wäsche. Kleinere Kleidungsstücke wurden nach Bedarf von der Großmutter selbst gewaschen.

Thomas ging mit dem jungen Wallach voran. Margaretha mit der Stute hinterher. Sie sprachen nicht miteinander. Margaretha war zu verlegen und Thomas hing wohl seinen Gedanken nach. Ab und an sah er sich aber doch nach ihr um und lächelte ihr zu. Sie lächelte strahlend zurück. Die Pferde ließen sich ruhig an den Halftern führen und gingen ganz brav hinterher, als hätten sie einen so langen Spaziergang schon des Öfteren gemacht.

Vor der Schmiede, die am Ende des Dorfes an dem kleinen Dorfweiher lag, angekommen, banden sie die Pferde an die dafür vorgesehenen eisernen Ringe an der Rückseite der Schmiede an.

„Meister Jahn, wir haben hier die Dreijährigen von Norges. Sie sollen ihre ersten Schuhe angepasst bekommen. Ihr wisst Bescheid hat Norges gesagt."

„Jo, werde gleich Maß nehmen. Hallo Margaretha, heute in Begleitung eines Kavaliers?", scherzte der Schmied. Ein bulliger Mann, der mit seiner vorgebundenen Lederschürze, dem kräftigen Doppelkinn, seiner Glatze und den muskelbepackten Armen fast Ähnlichkeit mit einem Stier hatte. Es roch in der Schmiede nach verbrannter Kohle. Das Feuer wurde durch einen Blasebalg, den der Sohn des Schmiedes ständig in Bewegung halten musste, kräftig zum Glühen gebracht. Unerträglich heiß fand Margaretha es hier. Der Hammer sauste auf den Amboss nieder, auf dem ein eiserner Ring für ein Fass gebogen wurde. Die Funken stoben bei jedem Hammerschlag hoch, es war laut und die verschwitzten Männer rochen recht unangenehm.

Dann nahm der Schmied an den Hufen der Pferde Maß. Ganz gelassen ließen die beiden ihre Hufe vom Schmied hochnehmen. Sie standen so ruhig und beinahe erhaben, als hätten sie diese Prozedur bereits etliche Male erlebt.

Der Schmied sparte dann auch nicht mit Lob für diese braven Tiere, die keine Angst vor den fremden Geräuschen zeigten. Er meinte, da hätte er schon ganz andere Dinge erlebt. Einige Pferde würden fast durchdrehen, wenn sie das Feuer in der Schmiede, den Geräuschpegel des Hammers und den Geruch nach verbranntem Horn, wenn die Eisen unter die Hufe genagelt werden, mitbekämen.

„Ich weiß schon, warum Norges so von dieser Rasse schwärmt", meinte er lobend.

„Das ist ja auch etwas ganz Besonderes mit diesen teuren Tieren. Schon was anderes, als die Pferde, die ich sonst zu beschlagen hab."

Ohne Probleme konnte er die Vorder- und Hinterbeine der Pferde hochnehmen, auf seinem Oberschenkel ablegen, Horn abraspeln und die Hufeisen dann einschlagen. Schnell war die Arbeit des Schmiedes erledigt, die neuen Hufeisen waren angebracht und sie konnten den Rückweg antreten.

„Na, Margaretha, freust du dich auf den Ausflug nach Schleswig? Warst du schon einmal in dieser Stadt?", wollte Thomas wissen.

„Ja, als kleines Kind war ich mit meinen Eltern mal dort. Ich erinnere mich aber kaum daran. Nur den gewaltigen Dom und das schöne weiße Schloss Gottorf habe ich noch ein wenig vor Augen. Ich bin ganz gespannt und neugierig."

Sie brachten die Dreijährigen zurück auf die Hauskoppel. Thomas hatte vor, noch weiter mit ihnen zu arbeiten. Sogar einen ganz kurzen Ausritt wollte er am heutigen Tag noch wagen. Er meinte, dass die Tiere ruhig und entspannt genug seien.

Louise, die sich inzwischen auch eingefunden hatte, und Margaretha schauten dann noch einige Zeit zu. Dann aber setzten sie sich wieder in die Gartenstühle und besprachen den folgenden Tag. Sie überlegten, was sie wohl zu sehen bekämen, was sie anziehen sollten, was sie an Proviant für die Reise mitnehmen sollten. Schneller als gedacht neigte sich der Tag dem Ende und die beiden flüsterten an diesem Abend nicht mehr allzu lange miteinander. Früh schliefen sie ein.

*

Wie ein Feuerball war die Sonne am Reisemorgen aufge-
gangen. Kurz nach dem vierten Glockenschlag war Margaretha
bereits, ohne Louise zu wecken, aufgestanden, hatte Cora von
der Hauskoppel geholt und sie ausgiebig gestriegelt.
Anschließend rieb sie das Fell mit einem feuchten Lappen ab,
so dass es glänzte. Die lange Mähne und den Schweif hatte sie
sorgfältig gekämmt. Sie hatte gerade begonnen, die wunderschöne Mähne zu Zöpfen zu flechten. Cora stand dösend und
gelassen still. Ab und an schnaubte sie leise. Sie fühlte sich
sichtlich wohl.
„Margaretha, so wie die Sonne gerade auf dein Haar scheint,
sieht es aus, als würde dein Haar brennen", begrüßte Thomas
sie, der schon zu dieser frühen Stunde gerade auf den Hof kam
um mit den Pferden weiter zu arbeiten.
„Heute wird es vermutlich sehr heiß, darum dachte ich, es ist
besser, früh mit der Arbeit zu beginnen und früh wieder aufzu-
halten, um der größten Hitze zu entgehen", erklärte er seine
frühe Anwesenheit.
Margaretha war verlegen, sie lächelte ihn zur Begrüßung strahlend an. Dann flocht sie weiter an den Pferdezöpfen, denn sie
hatte gesehen, dass die Großeltern um die Ecke kamen.
Es war zu dieser frühen Stunde tatsächlich schon so ungewöhn-
lich warm, fast drückend, dass der Großvater meinte, es könne
ein Gewitter aufziehen. Kurz überlegte er, ob die Fahrt tatsächlich losgehen sollte. Aber als er die enttäuschten Gesichter von
Margaretha und Louise, die sich inzwischen dazugesellt hatte,
sah, meinte er:
„Na, dann wollen wir Cora mal anspannen. Du sollst sie ja
nicht umsonst so prächtig geputzt haben. Seid ihr alle reisefertig? Hast du den Proviantkorb eingepackt, Lisette?"

Seine Frau zeigte lächelnd auf den Proviantkorb, den sie gerade in der Kutsche verladen hatte.

Das wertvolle schwarze Ledergeschirr, mit silbernen Knöpfen versehen, wurde vom Stallburschen gebracht und gemeinsam mit Thomas wurde Cora zügig und gekonnt angeschirrt.

Gerührt stand die Großmutter in ihrer vornehmen Holsteiner Tracht gekleidet, die sie nur zu besonderen Anlässen trug, auf dem Hof und war sehr stolz auf ihre prächtig aussehende Stute. Dieses wunderschöne Tier schien zu wissen, wie sehr die Großmutter an ihr hing. Sie drehte den edlen Kopf in ihre Richtung und schnaubte zufrieden. Schnell bekam sie einen Apfel gereicht, der mit einem Happs gefressen war.

„Alles fertig, Hannes, du glaubst nicht, wie sehr ich mich auf diesen Ausflug freue. Und dafür, dass du den braunen Landauer mit Cora für die Fahrt ausgesucht hast, danke ich dir sehr."

„Na, Lisette, wenn du mich schon mal begleitest, sollst du auch so viel Freude wie möglich haben. So, jetzt zieh dich aber hurtig um, Margaretha, sonst sind wir zu spät dran. Wollen hoffen, dass das Wetter hält."

Eilig zog auch Margaretha ihre Tracht an. Sie wollte ihren Großeltern in nichts nachstehen. Sie machte sich so schnell fertig, wie sie nur konnte. Louise hatte längst ihr gelbes Reisekleid angezogen. An ihrem Strohhut waren Kunstblumen befestigt, und so gaben die Frauen ein sehr vornehmes Bild ab.

Großvater, auch im Sonntagsstaat, nahm auf dem Kutschbock des viersitzigen Landauers Platz, die drei Frauen im Inneren der Kutsche. Das Verdeck war wegen der Wärme komplett geöffnet. Großmutter und Louise saßen in Fahrtrichtung, Margaretha ihnen gegenüber. Am liebsten hätte sie die Kutsche gelenkt, sie konnte es sehr gut. Aber ihr war klar, dass sie heute gar nicht danach zu fragen brauchte.

Der Großvater hatte schließlich Termine in Schleswig, und er kannte die Reiseroute.

Im gemächlichen Schritt ging es zunächst durchs Dorf. Hier herrschte schon emsiges Treiben und viele Leute blieben stehen, um dem auffälligen Gefährt nachzusehen.

Es wurde eifrig und fröhlich in alle Richtungen gegrüßt. Ein freundliches „Moin" nach links, ein freundliches „Moin" von rechts.

Als sie das Dorf hinter sich gelassen hatten, ließ der Großvater Cora den Wagen im leichten Trab ziehen. Die Wege waren recht eben. Es gab hier nicht so viele Schlaglöcher. Der leichte Fahrtwind tat allen gut. Durch eine zauberhafte Landschaft ging es vorwärts. Leichte Hügelkuppen, die Knicks, die grünen Wiesen lagen friedlich da.

Margaretha und Louise waren so aufgeregt, dass sie anfingen zu singen. Louise mit leiser, klarer Stimme, Margaretha etwas lauter *„Geh aus mein Herz und suche Freud in dieser lieben Sommerzeit"*; jetzt fielen auch die Alten mit ein *„an deines Gottes Gaben"* und so klang dieses fröhliche Lied über Wiesen und Felder.

Eine ganze Weile waren sie schon unterwegs.

Dann erreichten sie den Königshügel bei Oberselk.

Hier machten sie eine kurze Rast. Einerseits damit Cora sich bei der schwülen Luft erholen konnte, andererseits, um einen kleinen Bissen zu sich zu nehmen. Sie erklommen die kleine Anhöhe und bestaunten das riesige kastenförmige Denkmal, das hier von den Österreichern für ihre gefallenen Offiziere kurz nach Kriegsende 1865 errichtet worden war.

Voller Bewunderung für die tapferen Soldaten, die ihnen die Freiheit von der Dänischen Herrschaft erkämpft hatten, lasen sie die Inschrift, die in mehreren eisernen Rosetten umlaufend am Denkmal angebracht waren. Margaretha las vor und faltete wie die anderen die Hände:

Ihren bei Ober-Selk, Jagel am Königsberg und bei Wedelspang
am III. Februar MDCCCLXIV
gefallenen Waffengefährten
Den tapferen Gefährten
Sei dieser Kranz gewunden.
Die hier in fremder Erde
Ihr kaltes Grab gefunden. –
Den braven Kameraden
Voll hohem Heldenmuth,
Die unsern Sieg erkauften
Mit ihrem Herzensblut. –
Heimwärts nach Östreichs Gauen
Schwebt auf des Ruhmes Flügel
Der Name all der Helden
Vom Grab am Königshügel

Der Blick, der auf der einen Seite den Schleswiger Dom und einige Dächer von den Häusern der Stadt zeigte, und zur rechten Seite das Selker Noor, war atemberaubend. Louise und Margaretha kamen aus dem Schwärmen gar nicht mehr heraus. So friedlich wirkte hier alles. So weit das Auge auch über das hügelige Gelände schweifte, war alles wunderschön.
Wiesen und Äcker wechselten sich ab. Hier grasten friedlich die Kühe, dort waren Arbeitskräfte mit den Feldarbeiten be-schäftigt. In der Ferne reihte sich Baumwipfel an Baumwipfel wie an einer Kette aufgereiht.

Dieser Ort war während des Krieges ein strategisch wichtiger Punkt für die Straße von Eckernförde nach Schleswig, wusste der Großvater zu berichten. Darum war es auch so bedeutend, diesen Hügel damals von den Dänen zurückzuerobern, erklärte er.

Im Schatten unter einer Baumgruppe holte die Großmutter den Picknickkorb hervor. Ein Krug mit kaltem Bier und einer mit noch kühlem Wasser wurde herumgereicht, Käse und Brot wurden verteilt und Äpfel ausgepackt und verzehrt.

Sie überlegten, wie furchtbar anstrengend es für die Soldaten gewesen sein musste, die Kanonen auf diesen Hügel zu ziehen und gedachten ihrer mit dankbarer Inbrunst.

Dann genossen sie noch eine Weile die schöne Aussicht, bis der Großvater zum Aufbruch drängte.

Die Luft war sehr drückend und als der Landauer sich in Bewegung setzte, waren sie froh über die leichte Brise des Fahrtwindes. Margaretha und ihre Großmutter schwitzten in den schweren Trachten. Sie beneideten Louise wegen ihres luftigen Reisekleides.

„Das haben wir jetzt davon, schön aussehen zu wollen", meinte Margaretha schmunzelnd. Dennoch - frisch gestärkt ging es weiter. Immer wieder machten die Großeltern auf Kriegsschauplätze aufmerksam. Abwechselnd erzählten sie, was hier vor fünf Jahren geschehen war.

Dann endlich war Schleswig zu sehen. Hufeisenförmig lag die Stadt an der Schlei, eingeschlossen von sanft ansteigenden Hügeln. Sie fuhren über den südlichen Teil, den so genannten Friedrichsberg, in die Stadt ein. Und hier blieb Margaretha vor Staunen der Mund offen stehen. Sie sah das erste Mal in ihrem Leben Bahngleise.

„Halt an, Großvater, bitte halte an. Seht doch nur, da sind Bahngleise. Oh, wie aufregend."

Sie stand in der Kutsche und wäre am liebsten herausgesprungen. Alle lachten herzlich über ihren Eifer, ihre Freude und ihre Verwunderung.

Natürlich hielt der Großvater die Kutsche an, so dass alle einen Blick auf die Gleise werfen konnten. Es dauerte eine Weile, bis Margaretha sich satt gesehen hatte, aber dann ging es weiter voran nach Schleswig.

Margaretha bemerkte als Erste das riesige, prächtige Schloss Gottorf. In seinen Räumen wurden im Krieg die Verwundeten behandelt und, so gut es eben ging, versorgt. Die Schleswiger hatten unter dem Krieg am meisten gelitten. Die Stadt wurde geplündert und beschossen, und die Bewohner waren von den Dänen schlecht behandelt worden. Das Schloss war der ehemalige Sitz der Holsteiner Herzöge und die Residenz der Dänischen Könige.

Die Großeltern, Louise und Margaretha waren sehr angetan von der Sauberkeit dieser alten Stadt. Viele kleine Häuser hatten mit Blumen bepflanzte Vorgärten. Alles wirkte ruhig und gepflegt. Die Frauen saßen still in der Kutsche. So viele neue Eindrücke mussten erst einmal verdaut werden. Zu viel gab es zu sehen. Und dann der herrliche Blick auf die Schlei.

So malerisch, so blau, so wunderschön war die Aussicht, die sie genießen konnten.

Endlich kam auch der prächtige Dom in Sicht. Der Turm mit seiner beeindruckenden Höhe stellte den Mittelpunkt der Stadt dar.

Der Großvater hielt auf dem Vorplatz des Domes und ließ die Frauen aussteigen. Er wollte gleich weiter zu seiner geschäftlichen Verabredung. Sie vereinbarten, sich zum dritten Glockenschlag wieder vor dem Dom zu treffen, um dann die Heimfahrt anzutreten. Also hatten die Frauen gute vier Stunden zur Verfügung um die Stadt und deren Sehenswürdigkeiten zu betrachten.

Zuerst wollten sie den St. Petri Dom mit seinem geschnitzten Brüggemann-Altar besichtigen.

Angenehme Kühle empfing sie in dem riesigen Eingangsbereich. Ehrfürchtig bestaunten sie das berühmte fast dreizehn Meter hohe Schnitzwerk. Margaretha konnte jetzt ihr Schulwissen anbringen und erzählte, dass Hans Brüggemann diesen mit breiten Flügeln, aus 392 Figuren bestehenden Altar 1521 fertig gestellt hatte. Die Figuren handeln von der Gefangennahme Jesus Christus bis zur Himmelfahrt.

Ursprünglich stand der Altar im Augustiner Stift von Bordesholm, aber Herzog Christian Albrecht ließ ihn 1666 in den Schleswiger Dom bringen. Gespannt hatten die Großmutter und Louise diesem Vortrag gelauscht. Anschließend schauten sie sich das vor dem Altar stehende schöne Monument König Friedrich des I. an.

Dann betrachteten sie die links neben dem Altar befindlichen großen Grabkammern der Herzöge und rechts neben dem Altar die in einem Seitenschiff liegende Grabkammer des Generals von Arenstorff.

An den Wänden der Seitenschiffe befanden sich noch etliche Grabkammern von reichen und einflussreichen Familien. Langsam schritten sie die Gänge ab und bewunderten die sorgfältigen Arbeiten aus längst vergangenen Zeiten.

Vor dem Altar befanden sich die sagenumwobene Kette und die rote Mütze von König Erich. Allerdings vermutete die Großmutter, dass die Dänen hier wohl kleine Schnippselchen zur Erinnerung herausgeschnitten hätten. Von ihrem letzten Besuch im Dom, der noch vor der letzten Erhebung stattgefunden hatte, hätte sie den Mützenrest um einiges Größer in Erinnerung.

Von König Erich wusste Margaretha nichts zu berichten. Und so erzählte die Großmutter welche Erinnerungen sie an die Geschichte hatte.

König Erich IV. war König von Dänemark und Herzog von Schleswig. Im Streit um Herrschaftsansprüche wurde er 1250 bei Missunde an der Schlei von seinem eigenen Bruder ermordet. Auf einem Boot wurde ihm von dem Bruder der Kopf abgeschlagen und in der Schlei versenkt. Sein Körper soll eine Zeit lang in einer Fischerhütte bei Missunde aufbewahrt worden sein, um später in Schleswig beerdigt zu werden. Die Mütze und seine Kette wurden von seinen Anhängern im Schleswiger Dom aufbewahrt. Und ab und an stahl man kleine Schnippselchen der Mütze als Glücksbringer. Das haben die abziehenden Dänen oder die Preußischen und Österreichischen Soldaten dann wohl auch gemacht.

„Denn, wie gesagt, ich hatte die Mütze größer in Erinnerung", schloss sie ihre Erzählung.

Nach der Besichtigung des Doms schlenderten sie im Schatten der Häuser durch die historische Stadt. Geschäftiges Treiben herrschte um sie herum. Frauen und Männer in eleganter Kleidung, Dienstpersonal in der Dienstkleidung, Handwerker in jeweiliger Arbeitskleidung und lachende und lärmende Kinder waren unterwegs.

Hier gab es viele Geschäfte, in die es sich lohnte, einen Blick zu werfen.

Bekleidung, Lebensmittel, Hutläden, in denen Louise immer wieder voller Begeisterung verschwand, und sogar Läden die ausschließlich Süßigkeiten verkauften, gab es reichlich.

Louise hatte in einem der Hutläden ein zauberhaftes kleines Hütchen erstanden. Es war aus blauer Seide gefertigt und mit einer Feder versehen. Es kleidete sie sehr gut. Dazu passende

Handschuhe in blau erstand sie auch noch. Stolz und glücklich über ihre Einkäufe ließ sie diese in einer hübschen Hutschachtel verpacken. Margaretha und die Großmutter hingegen konnten sich in einem Stoffladen gar nicht satt sehen. Sie erstanden hier einige Meter bedruckten Baumwollstoff, aus dem sie sich leichte Sommerkleider nähen lassen wollten.

Margaretha hatte ein hübsches helles Blumenmuster gewählt, die Großmutter entschied sich für einen hellrot karierten Stoff. Sie freuten sich schon darauf, sich die Kleider nähen zu lassen.

Die Stoffe wurden in Papier gewickelt und zum Tragen mit einem Band verschnürt. Erst an der Luft merkten sie, wie schwer ihre Einkäufe waren. Die mussten sie jetzt trotz der drückenden Schwüle mit sich tragen.

Die Zeit verrann so schnell, dass sie erschrocken waren, als sie den dritten Glockenschlag des Doms vernahmen.

„Oh nein", jammerte Margaretha. „Wir haben den Bahnhof doch noch gar nicht gesehen. Oh bitte, Großmutter, wer weiß wann ich die Gelegenheit wieder bekomme. Bitte, lass uns noch zur Bahn gehen."

Aber ihr Jammern half nichts. Die Großmutter bestand darauf unverzüglich den vereinbarten Treffpunkt aufzusuchen. Sie wollte nicht, dass der Großvater sich Sorgen machte, wenn sie nicht rechtzeitig ankämen. Sie versuchte Margaretha damit zu trösten, dass sie versprach, bald wieder eine Gelegenheit zu finden, einen Ausflug zu unternehmen. Diese fügte sich traurig in ihr Schicksal, bedauerte jetzt aber doch, den vielen Läden nicht widerstanden zu haben.

Eiligen Schrittes, was wegen der immer drückender werdenden Luft beschwerlich war, machten sie sich auf den Weg zum Domvorplatz. Dort wartete der Großvater schon.

Er schmunzelte seiner verschwitzt aussehenden Frauengruppe zu und meinte: „Nun mal langsam mit den jungen Pferden.

Ihr seht ja völlig erschöpft aus. Da hab ich es wohl im Krug besser gehabt. Und wie ich sehe, habt ihr einige Einkäufe erledigt."

„Ja, und wir haben so viele interessante Dinge gesehen und die Zeit so unendlich genossen. Nur unsere Kleidung ist für die heutigen Temperaturen nicht angemessen, mein lieber Hannes", entgegnete die Großmutter lachend.

Mit Erleichterung darüber, sich nach dem vielen Laufen bequem hinsetzten zu können, ließen sich die Frauen in den mit Leder gepolsterten Sitzen nieder und wischten sich den Schweiß von der Stirn.

„Na, dann will ich euch in eine Gaststätte einladen, denn ich habe gute Geschäfte gemacht. Und ihr braucht jetzt sicher eine Erfrischung."

Damit lenkte er Cora durch die Straßen bis zu einer Gaststätte, die einen schattigen Hinterhof hatte. Hier konnte das Pferd sich noch ein wenig ausruhen, bevor es nach Hause ging.

Der Gastraum den sie betraten war hell und freundlich. Die Bedienung erstaunlich sauber gekleidet und höflich. Die derben Tische aus Eichenholz waren sauber abgewischt. Es roch nach Pfeifentabak, Bier und Essen und die kleine Reisegruppe verspürte jetzt großen Hunger.

Sie bestellten heißen Tee, der angeblich bei Hitze die Hitze vertreiben sollte und Bratkartoffeln mit sauer eingelegtem Fleisch. Eine Spezialität dieses Hauses, die die Wirtin ihnen empfohlen hatte. Mit Genuss ließen sie es sich schmecken und stellten fest, dass die Qualität der Speise tatsächlich recht gut war.

Grundsätzlich berichtete der Großvater nichts von seinen Geschäften, die er tätigte. Das war Männersache. Aber heute erwähnte er, dass er mit einem vermögenden jungen Kaufmann ins Geschäft gekommen sei. Der wollte für seine kleine elegante Kutsche zwei Pferde kaufen. Eigentlich war er auf der Suche nach Holsteinern, die er als robust und elegant schätzen gelernt hatte. Aber nachdem er Cora gesehen hatte, hatte sein Herz heftig geschlagen und er war fasziniert von der Schönheit und Größe dieses Pferdes.

Der Großvater hatte ihn für den kommenden Sonntag auf den Hof eingeladen, damit er sich die schwarzen Friesen ansehen konnte. Er hatte auch erzählt, dass sie gerade eingeritten worden seien und in den nächsten Tagen vor die Kutsche gespannt werden sollten. Auch hatte er erwähnt, dass die schwarzen Friesen noch um einige Zentimeter größer seien als die ohnehin imposant große Cora.

Er bat seine Frau ein festliches Essen für den Gast aufzutischen. Gerne einen guten Rinderbraten und dreierlei Gemüse. Die eigenen Kartoffeln nicht zu vergessen.

„Ein noch junger Mensch, aber schon so erfolgreich in seinen Geschäften. Und sehr gepflegte Umgangsformen. Und auch recht gut anzusehen, soweit ich das beurteilen kann. Das wäre eine gute Partie für dich, Margaretha. So, Frauen, ich denke es ist Zeit aufzubrechen, sonst sind wir nicht vor Einbruch der Dunkelheit zurück."

Der Großvater schaute besorgt in den Himmel. Kleine Quellwolken zogen auf.

„Hoffentlich kommen wir noch trocken zurück", murmelte er.

„Das sieht nicht so gut aus. Da wollen wir mal sehen, dass wir zügig vorankommen."

Um Cora nicht zu überanstrengen ging es zunächst im gemächlichen Trab voran.

Trotz des leichten Fahrtwindes lief ihnen der Schweiß von der Stirn. Viel zu erschöpft waren sie von dem anstrengenden Tag um jetzt miteinander zu reden. Jede hing ihren Gedanken nach.

Margaretha fragte ihren Großvater, ob sie die Zügel übernehmen sollte. Er war schließlich alt und sie hoffte, dass er ihre Hilfe annehmen würde. Aber er lehnte ihr Angebot dankend ab.

Nach zwei Stunden Reisezeit musste schon des Pferdes wegen eine kleine Pause eingelegt werden.

Selk hatten sie schon hinter sich gelassen, die Schlei war nicht mehr zu sehen, aber an einem Gehölz, das mit Eichen dicht bewachsen war, machten sie Halt. Großvater hatte den kleinen Bachlauf vor den Frauen gesehen und lenkte Cora direkt dorthin. Nicht nur das Pferd, auch die Menschen genossen das erfrischende Wasser des Baches.

Das Lachen nahm kein Ende, als Margaretha, ungestüm wie sie war, das Gesicht in den Bach tauchte, das Gleichgewicht verlor und mit dem ganzen Körper im Wasser lag. Prustend stand sie wieder auf.

„Im Gegensatz zu euch bin ich jetzt richtig erfrischt. Großmutter, dem Kleid ist nichts passiert. Es ist ja nur nass geworden."

Lachend versuchte sie, das Wasser aus dem schweren Kleiderstoff zu wringen. Louise half ihr dabei.

In dieser schwülen Luft war das Lachen eine Wohltat gewesen. Sie bestiegen wieder die Kutsche und die Fahrt ging weiter. Kein Vogel war zu hören, kein Lufthauch bewegte sich.

Dunkle Wolken zogen mehr und mehr auf und türmten sich übereinander. Inzwischen waren es fast schwarze Wolken geworden.

Keiner sprach, jeder betete still vor sich hin, dem nahenden Unwetter hoffentlich noch rechtzeitig entkommen zu können.

Je näher sie dem Heimatdorf kamen, desto schneller lief Cora.

„Sie will in den Stall. Sie spürt die Bedrohung, die von da oben dräut. Ich lass sie jetzt ihr Tempo finden", meinte der Großvater.

Die Luft war so drückend, dass Margarethas Kleid kein bisschen trocknete. Der Großvater fragte besorgt, ob er wegen des drohenden Regens das Verdeck des Landauers schließen sollte, aber die Frauen meinten, dass sie dann wohl ersticken würden und lehnten dankend ab.

Es grollte in der Ferne und die Wolken türmten sich mehr und mehr auf.

Wind kam auf. Und dann wurde es urplötzlich stürmisch.

Die Zweige der Bäume bogen sich im Wind, Blätter wirbelten durch die Luft. Vögel flogen in Windeseile an ihnen vorbei.

Dann war das Dorf endlich erreicht. Die ersten Tropfen fielen noch zaghaft vom Himmel. Jetzt trieb der Großvater Cora noch schneller voran.

Fast im Galopp durchfuhren sie das Dorf.

Da die Frauen wegen der vorher unerträglichen Hitze die Kopfbedeckungen abgenommen hatten, wehte Margarethas langes rotes Haar im aufkommenden Sturm wild um ihren Kopf.

Es war kein Mensch mehr unterwegs, aber vermutlich saßen viele hinter den Fenstern, um dieses Unwetter zu beobachten.

Inzwischen prasselte der Regen heftig aufs Land.

Und die Kutsche von Norges raste jetzt sogar durch den Ort. Na, das würde in den kommenden Tagen für Gesprächsstoff sorgen.

Wie der alte Norges bei Gewitter mit dem Landauer durchs Dorf gejagt ist und Margarethas Feuerhaar wild durch die Luft wehte.

Das Regenwasser spritzte bereits unter den Pferdehufen und den Wagenreifen hoch zu den Seiten auf.

Dann, endlich war der Hof erreicht.

Greif sprang aufgeregt jaulend und bellend um die Kutsche herum. Er war wohl froh, seine Menschen wieder zurück zu haben.

Direkt in die große Stalleinfahrt war der Alte gefahren. Die Tore standen weit offen. Hektisch forderte er die Frauen auf auszusteigen und verschloss in Windeseile die großen Stalltore.

„Margaretha, schnell ausspannen, ich guck nach, ob die Pferde und Kühe reingeholt wurden."

Und schon lief der Alte durch den Stall, um nach seinen wertvollen Tieren zu sehen. Margaretha spannte aus, der Stallbursche eilte zu Hilfe, die Großmutter führte Cora in eine der Boxen und versorgte sie mit Wasser und Heu.

Louise stand in der Toreinfahrt und wusste nicht recht zu helfen.

Ein lautes knisterndes Krachen gefolgt von dem hellsten Blitz, den man sich nur vorstellen konnte, ließ sie alle ängstlich zusammen fahren.

„Der Herrgott hat es gut mit uns gemeint. Was für ein Glück wir hatten. Stellt euch nur vor, wir wären jetzt noch da draußen", meinte die Großmutter erschrocken.

„Jetzt müssen wir nur noch ins Haus kommen. Auch wenn es nur ein paar Meter sind, wir werden durchnass werden. Schaut nur, wie es gießt", antwortete Louise aufgeregt.

Triefend nass war der Großvater zurück in den Stall gekommen.

„Die Knechte haben gut für die Tiere gesorgt. Alle sind hier, allen geht es gut. Da hat Franz wirklich mal mitgedacht. Sogar die Schweine und das Federvieh hat er in die Ställe getrieben. Und jetzt ins Haus, meine Lieben. Lauft so schnell ihr könnt", rief der Alte ihnen zu.

Für Margaretha und Louise war das kein Problem. Lachend rafften sie ihre Kleider und rannten los. Die beiden Alten waren nicht ganz so schnell, aber auch sie lachten über das Bild, dass Margaretha und Louise abgaben. Endlich im Haus angekommen, hörten sie den Regen sturzbachartig vom Himmel herniederprasseln. Im Nu stand der ganze Hof unter Wasser. Große Pfützen hatten sich dort schon gebildet.

Es plätscherte, donnerte und blitzte, wie schon seit Ewigkeiten nicht mehr. Im Haus war es dunkel wie in der Nacht. Kerzen und die Lampen wurden schnell angezündet. Großmutter machte in der Küchenhexe ein Feuer, um Kaffee zu kochen und eine vorbereitete Mahlzeit aufzuwärmen.

Aber zunächst wechselten sie alle ihre nasse Reisekleidung.

In der Küche trafen sie dann wieder zusammen. Auch der Knecht und der Stallbursche saßen bereits am Tisch. Großvater hatte inzwischen seine Pfeife gestopft und zog jetzt genüsslich daran.

Es duftete nach Kaffee. Sie setzten sich an den Küchentisch und genossen nach all der Aufregung das köstliche Getränk. Die Milch war zwar sauer geworden, aber auch schwarz, mit ein wenig Zucker gesüßt schmeckte der Kaffee hervorragend. Alle schauten gebannt aus dem Küchenfenster um dem Unwetter zu zusehen.

Eigentlich waren sie froh, dass es bei diesem heftigen Gewitter regnete. Bei den mit Reet gedeckten Häusern bestand zu leicht Brandgefahr durch einschlagende Blitze. Aber dass es so heftig regnen musste, tat eigentlich nicht Not.

Jetzt fielen auch noch riesige Hagelkörner mit lautem Geprassel herunter. Wie gut, dass vor einigen Jahren ein Rinnstein aus kleinen Feldsteinen um das Haus gelegt worden war. So konnte das meiste Wasser, das vom Dach plätscherte, ablaufen und kam nicht zur Küchentür herein.

Ein unheimlich klingendes, gewaltig lautes, knisterndes Krachen ließ sie alle zusammenfahren. Erschrocken sahen sie sich an. Was dieser Donnerknall bedeutete, war allen klar.

„Das hat eingeschlagen. Und zwar ganz in der Nähe. Hoffentlich ist niemand zu Schaden gekommen. Hoffentlich hat es kein Haus getroffen", meinte der Großvater besorgt. Sie saßen mit gesenkten Köpfen, die Hände gefaltet und beteten in ihrer Sorge.

Der Großvater machte sich auch Gedanken wegen des Getreides. Hoffentlich würde dieses Unwetter nicht schon jetzt die gesamte Ernte vernichten.

Ganz plötzlich aber war der Spuk vorbei. Die Sonne schien, als sei nichts gewesen, vom Himmel herab. Die Vögel zwitscherten laut und fröhlich und es hörte schlagartig auf zu regnen.

Sie eilten vor die Tür, um zu sehen, ob an Haus und Hof alles heil und in Ordnung geblieben war. Alles war gut. Nur einige kleinere Äste und Zweige aus dem alten Apfelbaum lagen verstreut im Hof. Und sie sahen auch, dass die Rankgestelle für die Bohnen und Erbsen weggerissen worden waren. Aber das waren nur Kleinigkeiten, die sich schnell wieder beheben ließen.

Allerdings mussten sie über große breite Pfützen springen, um zum Stall zu gelangen. Sie teilten sich auf, um nach allen Tieren zu sehen.

Nichts war passiert. Glück gehabt. Sie dankten Gott. Jeder für sich sprach in Gedanken ein kleines Gebet.

Die Luft hatte sich angenehm abgekühlt. Ein leichter Wind würde dafür sorgen, dass die Wasserlachen schnell verschwinden würden. Es tropfte noch vom Dach und aus den Blättern. Aber es regnete nicht mehr. Die Großmutter holte die nassen Kleidungsstücke, um sie an die Wäscheleine zu hängen, die vom Stall zur kleinen Gartenmauer führte. Alle Tiere wurden aus den Ställen gelassen und mit Futter versorgt, damit auch sie den Schrecken verarbeiten konnten.

Alle bekamen eine Extraration. Die Hühner scharrten im feuchten Gras nach Regenwürmern und anderem Kleingetier, die Schweine suhlten sich mit Begeisterung in den neu entstanden Schlammlöchern und die Pferde durften alle auf die Hauskoppel. Mit wilden Sprüngen ließen sie ihre angestaute Energie und wohl auch ihre überstandenen Ängste raus.

Sie galoppierten gemeinsam quer über die Koppel. Es war eine wahre Freude ihnen dabei zu zusehen. Die Mähnen flogen bei dem Tempo der Pferde auf und ab. Nach kurzer Zeit begannen sie zu grasen. Ihre Welt war in Ordnung.

Erleichterung machte sich unter den anwesenden Menschen breit, weil sie soviel Glück gehabt hatten. Dass sie diesem Unwetter so gut davon gekommen waren. Und vor allem, dass sie vor Ausbruch des Gewitters rechtzeitig zu Hause angekommen waren.

Endlich konnten sie sich entspannt vor die Tür setzen und den Tag noch einmal Revue passieren lassen, bevor sie sich zur Nachtruhe begaben. Jetzt bot sich auch endlich die Gelegenheit die gekauften „Schätze" noch einmal anzusehen. Auch der Großvater freute sich über die Einkäufe seiner Frauen. Er meinte, dass sich aus den Stoffen sicher sehr hübsche Kleider nähen ließen. Natürlich bewunderte er auch Louises Einkäufe gebührend.

*

Heute am Sonntag würde Louise die Rückfahrt zu ihrer Tante antreten. Aber am Kirchgang würde sie auf jeden Fall noch teilnehmen. Es galt, Gott zu danken, dass während des Gewitters auch im Dorf nichts Schlimmes geschehen war.

Margaretha holte ihre Bibel hervor. Ein Prachtstück. Ein Taufgeschenk. Die Bibel war in blauem Samt eingeschlagen. Verzierte Silbereinfassungen schmückten den Buchrücken und die Ecken der Bibel. Ihr Taufpate, ein Freund ihres verstorbenen Vaters, den sie allerdings nie kennen gelernt hatte, hatte einen Spruch für sie hineingeschrieben.

„Jesaja 43 Vers 1: Fürchte dich nicht, ich habe dich erlöst. Ich habe dich bei deinem Namen gerufen, du bist mein."

Sie war sehr stolz auf diese Bibel und legte sie nach jedem Kirchgang in ein Tuch gewickelt in ihre große hölzerne Truhe, in der auch ihre Kleidung lag.

Die Glocken riefen mit ihrem andächtigen Läuten zum Kirchgang. In der Kirche wusste der Pastor zu berichten, dass der gewaltige Blitz am Vortag in eine der ältesten Eichen der Gegend eingeschlagen und sie von oben bis unten gespalten hatte. Der Sage nach war diese Eiche mehrere hundert Jahre alt und soll noch aus dem Isern Hol, dem Dänischen Wold stammen. Isern Hol hieß übersetzt eiserner Wald. Den Namen erhielt der Wald wohl wegen seiner Undurchdringlichkeit. Er soll sich fast von Eckernförde bis an die Eider erstreckt haben.

Ein Raunen ging bei dieser Mitteilung durch die Menge. Etliche nahmen sich vor, dieses Naturereignis aus der Nähe zu betrachten. Viele wollten noch am gleichen Tag einen Ausflug dorthin unternehmen.

Das hätte Margaretha auch gerne gemacht. Aber einerseits würde Louise am frühen Nachmittag abreisen, andererseits wollte sie unbedingt zu ihren Freunden, den Umherziehenden, um zu gucken, ob bei ihnen alles in Ordnung war. Aber auch dazu würde sie heute vermutlich nicht kommen, denn die Großeltern erwarteten den Kaufmann.

Und selbstverständlich wurde von ihr erwartet, dass sie anwesend sein würde, solange der Gast da war.

Als sie die Kirche verließen, standen Herr Karl und Frau Elsabea vor der Kirchentür um mitzuteilen, dass am Nachmittag auf dem kleinen Dorfplatz neben dem Weiher eine Vorstellung erfolgen würde. Herr Karl lud alle Anwesenden dazu ein.

„Lassen Sie sich überraschen, verehrte Damen und Herren, kommen Sie zahlreich. Nach dem gestrigen Unwetter wollen wir Ihnen eine Freude machen und mit verschiedenen Darbietungen aufwarten. Kommen Sie Schlag drei. Kommen Sie alle! Versäumen Sie unsere Vorstellung nicht. Wie gesagt, Schlag drei geht es los."

Mit einer tiefen Verbeugung wiederholte er diese Einladung mehrmals, damit auch alle Kirchgänger mitbekamen, worum es geht. Frau Elsabea hatte die Haare hochgesteckt, einen blauen breiten seidenen Schal um die Schulter gelegt und lächelte freundlich.

Nun stellte sich für einige die Frage, ob sie die zerstörte Eiche begutachten, oder an der angebotenen Vorstellung teilnehmen sollten. Vermutlich würden fast alle im Dorf bleiben. Die Gelegenheit für eine Vorstellung ließ man sich nicht unbedingt entgehen.

Margaretha begrüßte die Freunde herzlich. Sie fragte, ob das Unwetter in den kleinen Zelten gut überstanden worden war. Frau Elsabea erzählte ihr, dass die Hagelkörner die Zeltdächer zerrissen hätten, der Sturm einen der Wagen umgeworfen habe und dadurch eines der Wagenräder zerbrochen sei. Weil die kleine Truppe jetzt dringend Geld für die Reparaturen bräuchte, boten sie diese angekündigte Vorstellung an.

„Wo ist denn Thomas, wie geht es ihm? Warum ist er nicht bei euch?", fragte Margaretha.

„Der bringt das zerbrochene Wagenrad gerade zum Stellmacher. Er wird am Nachmittag natürlich dabei sein. Schließlich sind die Leute von seinen Messerkünsten immer sehr begeistert", bekam sie von Frau Elsabea zur Antwort.

Margaretha versprach, am Nachmittag auch zu erscheinen und verabschiedete sich, weil die Großeltern schon warteten und Louise recht grimmig zu ihr herüber schaute.

„Margaretha, ich finde es nicht nett, dass du dich so lange mit der Wahrsagerin unterhältst. Ich muss doch gleich schon los. Gönne uns doch die kurze Zeit, die wir noch haben. Du hast doch bestimmt nur nach Thomas gefragt, oder?"

„Ach, Louise, das war doch nur ein ganz kleiner Augenblick." Sie erzählte, was sie gerade erfahren hatte. Die Großeltern, die den Bericht mitbekamen, meinten, dass man da auf jeden Fall helfen müsste. Sie wollten mit dem Gast zu der Veranstaltung gehen und ihr Scherflein dazu beitragen, dass die Truppe eine kleine Einnahme bekäme. Diese Information stimmte Margaretha sehr fröhlich. Nur Louise blickte etwas zerknirscht in die Runde. Auf Margarethas Nachfrage, was sie auf einmal hätte, bekam sie zur Antwort, dass sie natürlich auch gerne dabei gewesen wäre.

„Wenn schon mal etwas geboten wird, muss ich nach Hause, das ist doch nicht gerecht."

Schon bevor sie den Weg zur Kirche angetreten hatten, hatte die Großmutter bereits in aller Herrgottsfrühe mit den Mittagsvorbereitungen begonnen. Ein schönes Stück Rindfleisch hatte sie zur frühen Stunde aus dem Eiskeller geholt und angebraten. Dieser Eiskeller war ein in die Erde gegrabener und mit Ziegelsteinen ummauerter Raum. Er lag neben den Ställen.

Im Winter, wenn das Eis dick gefroren war, wurden etliche große Stücke herausgesägt und dorthin transportiert. Sehr lange hielten diese großen Eisklötze die Kälte in dem Raum. Aber auch sonst war es hier drinnen immer kühl. So konnten die Lebensmittel lange frisch gehalten werden.

Bohnen und Pastinaken, die so angenehm süß und nussig schmeckten und in Lake eingelegter Kohl sowie Kartoffeln sollten gereicht werden.

Als sie nach dem Kirchgang nach Hause kamen, duftete es köstlich nach Braten.

Da der Knecht und der Stallbursche am Sonntag sowieso ihren freien Tag hatten und den Hof meistens schon vor dem Kirchgang verließen um sich mit anderem Gesinde zu treffen, musste die Großmutter die beiden heute nicht auch noch versorgen. Wären sie auf dem Hof geblieben, hätten sie selbstverständlich von dem köstlichen Mahl etwas abbekommen. Allerdings nicht in der guten Stube sondern in der Küche.

Schnell zogen die Frauen sich um. Louise kam mit ihrem Reisekleid in die Küche. Sie wollte gerne bei den letzten Vorbereitungen behilflich sein, musste auf Geheiß der Alten aber eine Schürze umbinden, um ihre Kleidung nicht zu beschmutzen.

„Das fehlt noch, Louischen, dass du dich mit bekleckerter Kleidung auf die Reise machst. Was würde wohl deine Tante dazu sagen? Und wie würdest du vor unserem wichtigen Gast dastehen."

Damit reichte sie ihr eine unbenutzte Leinenschürze und ließ Louise die Möhren schälen und in kleine Stücke schneiden.

Margaretha war damit beschäftigt in der „Guten Stube" den Tisch zu decken. Die Stube wurde für das Essen nur zu besonderen Anlässen benutzt. Und heute war so ein Tag.

Das gute Porzellan, mit Rosenmuster verziert, und das silberne Besteck, welches immer wieder einmal geputzt werden musste weil es anlief, wurde von ihr auf dem runden Tisch verteilt. Ein weißes Dammasttischtuch hatte sie vorher aufgelegt. Jetzt fehlten noch die Kristallgläser und ein Strauß frischer Wildblumen. Dann war sie mit ihrer Arbeit fertig.

Kriechendes Fingerkraut, Feld-Rittersporn und Klatschmohn wuchsen überall am Wegesrand.

„Louise, möchtest du kurz mitkommen um Blumen zu pflücken?", rief sie in die Küche.

„Ja, welch Glück, dass ich gerade fertig bin. So kann ich mich doch gleich von eurer zauberhaften Landschaft verabschieden", gab diese zur Antwort, nahm die Schürze ab und warf sie der lächelnden Großmutter mit Schwung zu.

Margaretha hatte vor Aufregung ganz rote Wangen. Schließlich würde dies ein ereignisreicher Tag werden. Besuch, eine Vorführung der Umherziehenden und Louises Abreise. So abwechslungsreich war es selten auf dem Hof.

Schnell war ein stattlicher Strauß Blumen gepflückt. Schwatzend kamen die beiden jungen Frauen zurück. Sie hatten den Strauß gerade in einer Vase auf dem Tisch drapiert, als auch schon Greif mit lautem Bellen Besuch ankündigte.

Der Hund hatte die ankommende Kutsche längst vor den Menschen gehört und gebärdete sich wie toll.

Aufgeregt schauten die Freundinnen aus dem Fenster, um zu sehen, wer der angekündigte Gast war. Wie er aussah, wie er sich verhielt.

Ein kleiner Landauer fuhr in den Hof. Ein Holsteiner Wallach zog das kleine Gefährt. Gelenkt wurde es von einem jungen

Mann. Stattlich, aufrecht, saß er auf dem Kutschbock. Ein großer Hut mit breiter Krempe verdeckte zunächst noch sein Gesicht. Er trug einen geschmackvollen eleganten braunen Anzug mit schwarzem Samtkragen. Die Jacke war geöffnet, die beigefarbene Weste zugeknöpft. Ein helles Halstuch lugte aus der Weste.

Er stoppte die Kutsche, stieg vom Bock, stand mit den Zügeln des Pferdes in der Hand auf dem Hof und sah sich suchend um.

Schon war ihm der Großvater entgegen geeilt, begrüßte ihn und nahm ihm die Zügel ab.

Da der Stallbursche seinen freien Tag hatte, brachte der Alte das Pferd in den Stall, wo er es mit Wasser und Futter versorgte damit es ausruhen konnte. Dann lud er den Gast ins Haus und stellte die Anwesenden vor.

Margaretha und Louise warfen sich heimlich kleine Blicke zu. Eine beeindruckende Erscheinung stand ihnen gegenüber. Groß und schlank war der als Claudius Martens vorgestellte junge Mann. Leuchtend blaue Augen strahlten die jungen Frauen an. Ein brauner Backenbart zierte sein schmales Gesicht. Die braunen Haare waren mit einem Seitenscheitel glatt gekämmt. Galant begrüßte er die Großmutter mit einem angedeuteten Handkuss. Mit klangvoller dunkler Stimme sprach er seinen Dank für die Einladung aus und folgte dem Großvater in die Stube. Die Frauen zogen sich zunächst in die Küche zurück um die letzten Essensvorbereitungen zu treffen.

Denn erst einmal wurden Männergespräche geführt.

Nach einer kleinen Weile ließ die Großmutter Margaretha fragen, ob angerichtet werden dürfte. Dies verlangten die Höflichkeiten.

In der Küche tauschten sich die Freundinnen über den Gast aus. Beide waren von seinem Aussehen und seinem höflichen Benehmen sehr angetan.

„Dieser Backenbart steht ihm doch ungemein gut", meinte Louise.

„Ja, Louise, aber seine Augen. Hast du seine Augen gesehen? So blau wie die Ostsee. Findest du nicht auch?"

„Ja, das stimmt, so blaue Augen habe ich noch nie gesehen. Und seine Stimme. So ein Klang. Irgendwie dunkel und dennoch melodisch."

Sie schwärmten, bis die Großmutter sie dazu anhielt, die Speisen aufzutragen. Etwas verlegen trugen die beiden Schüsseln und Bratenplatte hinein.

„Oh, das duftet ja ganz besonders verführerisch. Ich merke gerade, dass ich fast ausgehungert bin", lächelte Martens die drei Frauen an.

Großvater schnitt den Braten auf, ließ sich die Teller reichen, um ihn zu verteilen und forderte den Gast auf, reichlich zuzugreifen. Das ließ Martens sich nicht zweimal sagen und füllte seinen Teller randvoll mit den angebotenen Leckereien. Die anderen taten es ihm gleich.

Es war eine fröhliche Mahlzeit. Die Freundinnen verloren schnell ihre anfängliche Scheu und so wurde munter geplaudert.

Das Unwetter und der gestrige Ausflug boten genug Gesprächsstoff. Hin und wieder stellte der Gast höfliche Fragen zu den Geschehnissen und so wurde die Stimmung immer entspannter.

Martens fragte, ob jemand schon das leckere Fleisch der „Dänischen Protestschweine" gegessen hätte.

Margaretha und Louise prusteten vor Lachen. Von solchen Schweinen hatten sie noch nie gehört und Martens klärte auf, indem er berichtete, dass die Dänische Bevölkerung im Grenzgebiet nach dem verlorenen Krieg keine Flaggen hissen durften.

Um aber ihre Staatsfarben in irgendeiner Form sichtbar zu machen hatten sie aus Protest Schweine gezüchtet, die die Dänischen Farben vorzeigten. Der Kopf der Schweine war rötlich, dann folgte ein heller Sattel und das Hinterteil war wieder rötlich. Das Fleisch selbst war nicht so fett und ausgesprochen schmackhaft. Martens selbst hat es einmal während eines Besuches an der Dänischen Grenze serviert bekommen.

Über diese lustige Geschichte und den Mut der Dänen amüsierten sich alle eine Weile.

Nach der Mahlzeit wurden die Männer erst einmal für ein Pfeifchen allein gelassen und wenig später gesellten sich die Frauen wieder zu ihnen und servierten den Kaffee.

„Wissen Sie, Herr Martens, dieser Kaffee wird bei uns „*Noch nie*" genannt", klärte der Großvater den Gast auf.

„Na, das ist ja eine lustige Bezeichnung für ein Getränk. Aber erklären Sie mir doch bitte, wie es zu einem solchen Namen kommt", bat Martens.

Aber der Großvater meinte, dass das noch ein Weilchen warten müsste.

Neugierig und vorsichtshalber mit kleinen Schlucken nippte Martens an der Tasse, um dann erstaunt zu sagen:

„Oh, noch nie habe ich einen so wohlschmeckenden Kaffee getrunken."

Verwirrt schaute er in die Runde, als die Anwesenden laut lachten.

„Ja, Herr Martens, darum heißt der Kaffee so. Bisher hat jeder Kaffeegast nach den ersten Schlucken gesagt *"Noch nie habe ich"*, und so weiter", amüsierte sich der Großvater.

Vergebens bat Martens um eine Erklärung für diesen guten Geschmack. Allerdings erfuhr er nur, dass das ein Familiengeheimnis sei und nicht preisgegeben würde.

Fünf Tassen schaffte der Gast und fand auch dadurch Anerkennung bei der Großmutter. Sein Betragen und seine Art, an der Unterhaltung teilzunehmen und einiges dazu beizusteuern imponierten und gefielen ihr sehr gut.

So erzählte der Gast ganz ungezwungen, dass sein Vater ein beachtliches Vermögen während des Krieges aufgebaut habe. Er habe die Soldaten mit Lebensmitteln, Vieh und Getreide versorgt und sei dabei sehr reich geworden. Als ältester Sohn, er sei gerade vor einer Woche sechsundzwanzig geworden, – er hatte noch zwei jüngere Brüder und eine Schwester – habe er die Geschäfte seines Vaters in Flensburg übernommen und ausgebaut.

Sein Vater habe sich inzwischen aufs Altenteil begeben und aus dem Geschäftsleben völlig zurückgezogen.

Jetzt sei er in der günstigen Situation, sein Geld zu investieren. Dabei wollte er nicht nur Land und Gebäude, sondern auch beste Pferde kaufen. Der Großvater sei ihm von einem befreundeten Kaufmann empfohlen worden, der schon vor einigen Jahren einen Friesen bei ihm gekauft hätte.

„Margaretha wird uns gleich zu den Pferden begleiten. Sie hat beinahe meinen Pferdeverstand und kennt unsere Friesen seit deren Geburt.“

Damit stand der Großvater auf und nickte Margaretha zu. Diese war ganz gerührt über das Kompliment. Der Großvater geizte zwar nicht mit Lob, wenn es angebracht war, aber diese Äußerung bedeutete ihr sehr viel und machte sie ein bisschen stolz.

„Großvater, geht doch schon vor, ich komme gleich nach. Zuerst möchte ich noch Louise verabschieden. Sie wird gleich abgeholt.“

„Ach, Louischen, das habe ich im Augenblick vergessen. Lasst euch nur Zeit, ich zeige Herrn Martens erst noch die Ställe. Gute Reise mein Kind. Grüße die Tante und die Eltern recht herzlich und sei jederzeit wieder auf dem Hof willkommen."

Damit drückte er sie herzlich an sich und bat Martens, der sich galant von Louise verabschiedete, ihm in den Stall zu folgen.

Viel zu schnell war für die Freundinnen der Augenblick des Abschieds gekommen.

„Denk auch einmal an mich, Margaretha. Nicht nur an deinen Thomas. Vergiss mich nicht, bei all dem, was sich hier gerade tut", bat sie die Freundin mit einer herzlichen Umarmung.

„Louise, sei nicht dumm. Dich vergessen geht doch gar nicht. Ich freue mich doch jetzt schon, dass du in vier Wochen wiederkommst. Und dann reite ich auf Sternenfee. Du wirst schon sehen", lachte sie ihre Freundin an.

Auch die Großmutter richtete Grüße an die Familie aus und verabschiedete Louise mit aller Herzlichkeit.

Beide winkten der Kutsche so lange hinterher, wie sie sie noch sehen konnten.

Und schon war Louise weg. Die Großmutter begab sich wieder in die Küche. Sie wollte für den Gast noch eben einen Apfelkuchen backen. Den Hefeteig hatte sie schon vorbereitet.

„Dann können wir den Kuchen noch schön warm essen", sagte sie zu Margaretha.

Bevor diese traurig über Louises Abreise werden konnte, eilte sie zum Stall, wo der Großvater dem jungen Gast gerade erklärte, warum es ihm so wichtig war, dass der Stall stets so sauber gehalten wurde, wie er jetzt auch war. Sie hörte die ihr so bekannte Erklärung, dass Tiere schließlich auch Lebewesen seien und der Mensch, wenn er Tiere hält, verpflichtet sei, so gut für sie zu sorgen, wie es eben geht.

„Unsere Tiere haben alle die Möglichkeit, sich bei jeder Witterung unterzustellen. Auf jeder Weide haben wir Unterstände aus Holz gebaut. So haben sie Schatten und Windschutz und sind den Wetterunbilden nicht gnadenlos ausgesetzt", hörte sie ihn gerade sagen.

„Ah, das junge Fräulein Margaretha, wie schön, dass sie sich zu uns gesellen. Ihre Freundin ist gut weggekommen?", fragte Martens Margaretha, die ihm verlegen die Frage beantwortete.

Gemeinsam gingen sie jetzt zur Koppel, um die Friesen anzusehen. Das war ein netter kurzer Spazierweg, den Margaretha vor kurzem erst mit Louise gegangen war, um ihr Sternenfee zu zeigen.

Allerdings waren die Feldwege noch von Pfützen übersät. Das viele Wasser war noch nicht abgelaufen und unter ihren Füßen quietschte es beim Gehen.

Der Gast begeisterte sich für die schöne Landschaft und den zauberhaften Blick über die vielen Knicks.

„Hier ist sicher ein gutes Jagdgebiet? Ich bin nämlich leidenschaftlicher Jäger und könnte mir vorstellen, hier den einen oder anderen Hasen oder Fuchs zu erlegen."

Der Großvater stimmte dem zu.

„Allerdings haben wir zurzeit keine Not durch die Füchse. Sonst würden wir das Federvieh nicht frei laufen lassen. Unser Hund Greif hat wohl den letzten Fuchs im Herbst gefangen. Seither haben wir Ruhe vor den Gesellen und der Hund muss sich jetzt die Ratten und Mäuse mit den Katzen teilen. Wenn sie aber ein guter Schütze sind, lade ich sie gerne ein, im Herbst an der Jagd teilzunehmen. Wir haben eine Menge Fasane, Hasen und Rehe zu erlegen."

Das Angebot nahm Martens dankend an.

Sie waren angekommen. Die Pferde befanden sich grasend am Ende der Koppel. Ein imposantes Bild, weil alle acht Tiere beisammen standen.

Der Großvater zeigte auf den Wallach und die junge Stute, die er verkaufen wollte.

Der junge Mann stand still und bestaunte die Tiere.

„Also, das muss ich sagen. Ihre braune Stute hat mir schon sehr imponiert, aber das hier verschlägt mir fast den Atem. So etwas Beeindruckendes an Pferden habe ich wohl mein Lebtag noch nicht gesehen."

Margaretha schnalzte, die Pferde hoben die Köpfe und kamen gemächlich näher. Nur Sternenfee trabte in ihrer eleganten Art mit erhobenem Kopf und lautem Wiehern auf sie zu.

„Das Pferd will ich haben. Das ist ja überwältigend", rief Martens begeistert.

Margaretha stockte fast der Atem.

Ein energisches: „Nein, dieses Pferd nicht. Das ist nicht zu verkaufen. Es gehört mir."

Sie wartete auf eine Bestätigung des Großvaters, die aber ausblieb. Sie sah ihn aufmüpfig an.

„Großvater, die gehört mir. Sternenfee wird nicht verkauft."

„Oh, Sternenfee heißt sie. Was für ein ungewöhnlicher Name für so ein perfektes Pferd", schwärmte Martens.

„Die und die andere Stute. Das wäre herrlich. Was für ein Gespann für die Kutsche. Nennen sie mir ihren Preis Herr Norges. Ich zahle bar, wie ich schon erwähnte. Keine Wechsel, Bargeld."

Margaretha hasste diesen Menschen, der ihrem Protest so wenig Beachtung schenkte in diesem Augenblick aus vollem Herzen.

Wie konnte er es wagen, ausgerechnet ihre Sternenfee, ihr geliebtes Pferd kaufen zu wollen. Sie war empört.

78

Der Großvater kaute auf seiner Pfeife herum und sagte zunächst einmal gar nichts. Dann schmunzelte er.

„Meine Enkelin ist zwar gerade recht heftig gewesen, aber sie hat Recht, Herr Martens. Das ist ihr Pferd und nur sie kann entscheiden, ob es verkauft wird oder nicht. Da werden sie einen schweren Stand haben, wenn das zum Abschluss kommen sollte. Aber sehen sie sich die beiden anderen doch genauer an. Prachtstücke alle beide. In der Größe harmonieren sie auch viel besser als Sternenfee und die Stute."

Margaretha war erst einmal beruhigt. So einfach wie er dachte, würde Martens ihr Pferd also nicht bekommen.

Damit sich die Gemüter abkühlen konnten, lenkte der Großvater ab, indem er auf die Preise für die Tiere zu sprechen kam. Er nannte pro Pferd 1000 Mark. Das musste Martens nun doch erst einmal verdauen. Er meinte, dass 700 Mark pro Pferd schon eine stattliche Summe sei, er aber bereit sei, eventuell 800 zu geben, wenn sie denn auch wirklich sowohl als Reitpferde als auch als Kutschpferde zu gebrauchen seien.

Margaretha und der Großvater hoben daraufhin noch einmal die Vorteile dieser Pferderasse hervor.

Von der Zuverlässigkeit, der Anhänglichkeit, der Ausdauer und dem sanften Charakter erzählten sie. Martens nickte ab und zu, rieb sich mit der Hand das Kinn und meinte zu Margaretha:

„Alles gut und schön. Aber diese Stute hier begeistert mich einfach. Wie wäre es, wenn ich ihnen dafür 1000 Mark zahlen würde?"

Margaretha hätte ihm am liebsten die Augen ausgekratzt. Empört drehte sie sich zu Martens um. Zornesblitze funkten aus ihren Augen. Vehement lehnte sie dieses großartige Angebot ab. Hilfesuchend sah sie den Großvater an. Der tat ganz unbeteiligt und streichelte die zarten Nüstern der Pferde.

Martens amüsierte sich scheinbar über ihre Empörung, denn mit einem Seitenblick schmunzelte er dem Großvater zu und schlug vor, dass sie die angebotenen Pferde satteln und für einen kleinen Proberitt fertig machen sollten. Das lehnten allerdings sowohl der Großvater als auch Margaretha ab. Die Pferde seien gerade erst eingeritten, erklärte der Großvater seinem Gast. Sie sollten nicht gleich durch einen fremden Reiter verunsichert werden. Wenn Martens in einer Woche wiederkommen würde, könnte er gerne einen Proberitt machen. Auch seien die jungen Pferde dann schon Kutschentauglich und er könne in Begleitung von Margaretha eine Probefahrt mit dem kleinen Landauer unternehmen.

Margaretha konnte ihre Wut die sie diesem Menschen gegenüber hatte, kaum verbergen. Sie riss sich nur darum gewaltig zusammen, weil sie einen potenziellen Kunden nicht vergraulen wollte. Zwar ging es ihnen allen scheinbar finanziell gut, aber ohne den Verkauf der Pferde würde doch ein nicht geringes Loch in die Kasse gerissen werden.

Und Martens wurde plötzlich ganz freundlich.

„Ich muss mich bei ihnen entschuldigen Margaretha. Verzeihen sie bitte mein unmögliches Verhalten. Ich wusste, dass ihre Sternenfee nicht zum Verkauf stand. Ihr Großvater hatte mich bereits darüber informiert. Aber als ich dieses wundervolle Pferd gesehen habe, konnte ich nicht anders. Ich wollte wenigstens einmal den Versuch unternehmen, sie ihnen abzukaufen. Bitte tragen sie es mir nicht nach."

Er sah sie bittend an. Ein warmes Lächeln auf den Lippen. Margaretha war verdutzt.

„Ich muss doch bitten, wie können sie solch Schabernack mit mir treiben? Das war nicht lustig, aber wenn sie sich schon so nett entschuldigen, will ich nicht so sein und Ihnen vergeben."

Mit einer tiefen Verbeugung dankte Martens ihr. Beide schauten sich an und mussten plötzlich lachen. Auch der Großvater, der sich diskret zurück gehalten hatte, stimmte mit ein.

„Mann oh Mann, das war ja gerade wie das gestrige Gewitter. Nur gut, dass jetzt die Sonne wieder scheint", meinte er und klopfte ihnen wohlwollend auf die Schultern.

Sie machten sich auf den Rückweg und freuten sich schon auf den von der Großmutter versprochenen Kuchen. Martens wollte gerne wissen, wie Margaretha auf den doch sehr ausgefallenen Namen für ihr Pferd gekommen ist. Sie erzählte ihm, dass sie bei der Geburt des Fohlens dabei gewesen sei.

„Es war Nacht und die Sterne glitzerten bei ihrer Geburt so strahlend am Himmel. Als mein Großvater mir dann versprach, dass dies mein Fohlen sein würde, glaubte ich, eine gute Fee sei hier am Werk. Darum erschien mir der Name Sternenfee einzig richtig."

Dann berichtete Margaretha dem Gast, dass am Nachmittag im Dorf eine Vorstellung gegeben würde und sie sich gleich nach dem Kaffeetrinken verabschieden würde.

Aber Martens war neugierig geworden und fragte, ob er sie begleiten dürfte.

„Ich gehe ja sonst nur ins Theater. So einer Vorstellung der einfachen Leute habe ich lange nicht beigewohnt. Das wäre auch für mich eine nette Abwechslung. Ich habe bei Ihnen ja auch noch etwas gut zu machen, Margaretha. Gerne würde ich ihnen eine Freude bereiten. Was würde ihnen Spaß machen? Womit könnte ich mein Verhalten wieder gerade richten?"

„Sie müssen nichts wieder gut machen, Herr Martens. Aber selbstverständlich können sie mit ins Dorf kommen. Meine Großeltern wollen auch hin. Dann sind wir eine richtige kleine Karawane die dort einzieht."

Die Großmutter hatte den Kaffeetisch bereits gedeckt. Gemeinsam tranken sie Kaffee und ließen sich einen vorzüglichen noch warmen Apfelkuchen schmecken. Eine harmlose Plauderei kam in Gange.

Martens begutachtete anerkennend die vorhandenen Gemälde, die außer Friesenpferden auch eine Zeichnung mit Windmühlen aus der Niederländischen Gegend zeigten. Auf seine Nachfrage wurde ihm berichtet, dass die Großmutter aus der Gegend stammte und dieses Gemälde ein Erinnerungsstück an ihre Heimat sei.

Sie sprachen von diesem und jenem und dann erzählte Margaretha von ihrer Enttäuschung, die Eisenbahn bei ihrem Ausflug nicht gesehen zu haben.

„Na, da weiß ich Abhilfe", rief Martens erfreut. „Herr Norges, Frau Norges, wenn es ihnen recht ist, lade ich ihre Enkelin am kommenden Samstag zu einer kleinen Ausflugsfahrt ein. Ich würde ihr sehr gerne die Eisenbahn zeigen. Und ich komme doch wegen der Pferde sowieso am Samstag wieder her."

Zunächst waren die Großeltern von dem Vorschlag nicht ganz begeistert. Ihre Enkelin ohne Begleitung mit einem Mann reisen zu lassen schien ihnen nicht schicklich. Aber Margarethas flehender Blick erweichte ihr Herz binnen kurzer Zeit und sie stimmten leicht widerstrebend zu.

Die herzlichen Umarmungen und das strahlende Gesicht ihrer Enkelin dankten es ihnen sogleich.

Jetzt war eine ganz heitere und ausgelassene Stimmung im Raum.

Die große Standuhr in dem gemütlichen Wohnzimmer schlug die halbe Stunde vor drei und es wurde Zeit, aufzubrechen.

Margaretha und die Großmutter gingen, sich unterhakend, voraus. Der Großvater und Martens folgten ihnen.

Der Alte rauchte seine Pfeife, der Gast eine Zigarre, über deren Qualität die beiden sich ausgiebig unterhielten.

An dem kleinen Weiher, in der Dorfmitte hatten sich schon etliche Einwohnerinnen und Einwohner eingefunden.

Martens wurde mit kleinen Seitenblicken begutachtet, Norges freundlich gegrüßt.

Sie gesellten sich zu den Versammelten. Ein kleiner Schwatz hier, ein kleiner Plausch da, wie es so ginge, wie der Sturm überstanden worden sei, wer demnächst heiraten würde, wer vor kurzem gestorben war und was sonst noch geschehen sei. Einige der Anwesenden hatten tatsächlich Norges „Höllenfahrt" durch das Dorf registriert und geizten nicht mit Häme oder aber auch mit Anerkennung dafür, dass er Trotz dieser rasanten Fahrt heil zu Hause angekommen war.

„Margarethas Haare flogen ja höher als der Schweif eurer Stute", meinte der Schmied mit einem breiten Grinsen im Gesicht.

Der Großvater nickte nur zu den Äußerungen.

Margarethas Blicke schweiften hin und her. Sie suchte Thomas. Die anderen aus der Truppe hatten sich am Weiher schon versammelt. Nur Thomas war nirgends zu sehen.

Plötzlich stand Hein Eck vor ihr und grüßte förmlich mit einer tiefen Verbeugung. Dabei sah er sie von oben bis unten an.

Fehlt nur noch, dass er meine Zähne wie bei einem Pferd begutachtet, dachte Margaretha. Sie wandte sich ab, wissend dass sie sich unhöflich verhielt, und ließ Eck einfach stehen.

Eine Geige erklang mit quietschenden Tönen. Die Leute sollten wohl aufmerksam gemacht werden. Herr Karl nahm seinen Zylinder ab und begrüßte die Anwesenden. Er versprach Kurzweil und angenehme Unterhaltung und bot nach Ende der Vorstellung die Dienste seiner Frau als Wahrsagerin an.

„Wer die Zukunft wissen will, wende sich bitte nachher an Frau Elsabea. Die beste Wahrsagerin weit und breit. Versuchen sie ihr Glück, vertrauen sie auf die Worte von Frau Elsabea", schloss er seine Rede.

Dann ging es los. Die Jungen sprangen elegant durch hingehaltene Reifen, mit Purzelbäumen und Radschlagen kamen sie wieder hoch. Sie wiederholten die Nummer so oft und in immer schnellerem Tempo, dass den Zuschauenden fast schwindlig wurde. Dann verbeugten sie sich und ernteten viel Applaus. Einer der Männer jonglierte gekonnt mit kleinen Bällen, dass es eine Freude war, zuzusehen. Ein Feuerschlucker begeisterte am meisten.

Mit Ah und Oh wurde seine Darbietung begleitet.

Margaretha fragte sich indes, wo Thomas steckte.

Ein kurzer Trommelwirbel setzte ein.

„Meine Damen und Herren, ich bitte um ihre Aufmerksamkeit. Wir kommen jetzt zum Höhepunkt unserer Vorstellung. Bitte bleiben sie alle dort, wo sie sind. Und bitte bleiben sie ganz leise, schon die kleinste Ablenkung kann bei der folgenden Darbietung fatale Folgen haben. Sehen sie jetzt – und seien sie gespannt – unseren berühmten Messermesser. Sehen sie Thomas Silber."

Trommelwirbel. Dann stand Thomas da. Ein blaues Tuch hatte er um seinen Kopf gewickelt und im Nacken zusammen gebunden. Margarethas Wangen waren vor Aufregung rot geworden.

Mit einer tiefen Verbeugung bat er um Ruhe. Eine junge Frau, die Margaretha noch nie zuvor gesehen hatte, stand neben ihm. Schlank, blond, hübsch. Ein schmales Gesicht hatte sie. Sie lächelte in die Menge, als Thomas sagte:

„Meine Partnerin wird sich jetzt vor dieses Holzgestell stellen und ich werde um ihren Körper herum die Messer ins Holz werfen."

Ein Raunen ging durch die Menge. Dann wurde es still. Einige wagten kaum zu atmen. Thomas warf das erste Messer. Es steckte nah neben der Taille der Frau im Holz. So ging es weiter. Bevor er die Messer über ihren Kopf werfen wollte, bat er noch einmal um Ruhe. Er zielte lange. Dann warf er. Jubel brach aus, als er das letzte Messer geworfen und in der Holzplatte versenkt hatte. Die Frau hatte während der ganzen Zeit keine Miene verzogen. Für diesen Mut ging eine große Bewunderung durch die Menge. Applaus brandete auf und wollte gar nicht abebben. Oft mussten sich die beiden verbeugen und nahmen den Dank gerne entgegen.

Herr Karl gab das Ende der Veranstaltung bekannt. Die Kinder der Truppe nutzten die gute Stimmung und liefen zwischen den Menschen hindurch. Sie hielten ihre Mützen hin, um etwas Geld von den Anwesenden zu erbitten. Und es lohnte sich tatsächlich. Denn Jeder gab so gut er konnte.

Noch einmal ergriff Herr Karl das Wort und machte auf die Künste der Wahrsagerin aufmerksam. Ein kleines Zelt war für diesen Anlass aufgebaut worden. Einige Menschen standen bereits davor, um etwas über ihre Zukunft zu erfahren.

Martens fragte Margaretha, ob sie auch Interesse daran hätte, was sie verneinte. Sie konnte ja schlecht in Gegenwart ihrer Großeltern zugeben, dass sie diese Erfahrung gerade erst gemacht hatte.

Sie wollte jetzt auch endlich zu Thomas. Diese junge Frau, die ihn bei seiner Vorführung begleitete, beschäftigte sie sehr. Also schlenderte sie durch die Menge, sprach kurz mit einigen Bekannten und gelangte so ganz unauffällig in Thomas Nähe.

Der begrüßte sie herzlich.

„Margaretha, wie schön, dass du auch gekommen bist. Dies ist übrigens meine Verlobte Henriette. Sie ist vorgestern endlich nachgekommen. Ihre Eltern leben ganz in der Nähe."

Margaretha sah ihn mit großen Augen an.

Unfähig zu sprechen. Ihr war übel. Ihr war schwindlig.

Sie drehte sich um und ging. Thomas Rufen ignorierte sie.

Sie konnte nicht zurück.

Sie ging einfach weiter, bis sie merkte, dass jemand ihren Arm genommen und sie untergehakt hatte.

„Kommen sie, Margaretha, sie sind ganz blass. Geht es ihnen nicht gut? Ich habe beobachtet, dass sie mit dem Messerwerfer gesprochen haben. Hat dieser Kerl sie beleidigt?", fragte Martens.

Margaretha spürte Hitze in sich aufsteigen.

Henriette.

Verlobte.

Mehr ging ihr nicht durch den Kopf. Immerzu kreisten diese beiden Worte durch ihren Kopf. Was konnte sie Martens denn nur antworten? Er könnte sie sicher nicht verstehen. Sie ging einfach weiter. Ignorierte seine Fragen. Jetzt kamen auch noch die Großeltern auf sie zu.

„Margaretha, ist dir nicht gut, Kind?", fragte die Großmutter besorgt und nahm sie in den Arm. Als ihre Enkelin nicht antwortete sondern leise zu weinen begann, gab sie ihrem Mann ein Zeichen um anzudeuten, dass es nach Hause ging.

„Komm Kind, was auch immer ist, wir gehen nach Hause und dann legst du dich erst einmal ein wenig hin. Nachher kannst du mir dann sagen, was dich so erschreckt hat. Ich ahne wohl schon, was mit dir ist."

Fürsorglich nahm sie ihre Enkelin, dankte Martens für seine Hilfe und machte sich langsam mit Margaretha auf den Heimweg. Ihr Mann blieb noch. Martens auch.

Frauensachen, dachten sie wohl beide und hielten sich lieber zurück.

Unterwegs brach sich Margarethas Enttäuschung ihren Weg und es sprudelte aus ihr heraus.

Dass sie Thomas doch so gerne mochte, dass sie geglaubt hätte, dass es ihm auch so ging. Dass sie nicht gewusst habe, dass er verlobt sei, dass sie diese Frau, diese Person, noch nie zuvor gesehen habe, dass Thomas ihr nie erzählt habe, dass er verlobt sei. Und dann erwähnte sie auch, dass sie die Reisenden immer wieder besucht habe weil sie glaubte, mit ihnen befreundet zu sein. Dass sie sich jetzt hintergangen fühlte, dass sie aber auch furchtbar traurig sei. Dass sie jetzt gerne mit Louise reden würde.

Die Großmutter hörte sich diese ganze Geschichte, die Margaretha unterbrochen von Weinen und Schniefen erzählte, mit großer Geduld an. Sie tätschelte die Wangen und die Hand ihrer Enkelin und fühlte mit ihr den Schmerz. Trost wusste sie im Augenblick nicht wirklich zu spenden, merkte aber, dass Margaretha durch das Erzählen immer ruhiger wurde. Auch war sie nicht mehr so blass und bekam schon wieder Farbe im Gesicht.

„Wie wäre es mit einer schönen Tasse Schokolade mein Kind? Das hat dir doch immer gut getan, wenn du einmal traurig warst oder Kummer hattest. Und was hältst du davon, wenn ich dir einige Gedichte vorlese, damit du auf andere Gedanken kommst?"

Margaretha war ihrer Großmutter sehr dankbar für die beruhigenden Worte und ihrer Anteilnahme und auch für ihr Verständnis. Und dass kein Vorwurf wegen ihrer Verliebtheit zu Thomas kam, brachte ihr die Großmutter noch näher ans Herz, als sie es ohnehin schon war. Sie einigten sich darauf, dem Großvater nichts zu erzählen. Sollte er ruhig denken, dass es sich um Frauensachen handelte. Und Martens ging es schon gar nichts an.

„Ich fand es ganz rührend, wie Herr Martens sich um dich bemüht hat, Margaretha. Ein ausgesprochen sympathischer junger Mann, das muss ich schon sagen. Und das Leben geht weiter. Du wirst schon sehen, dass es noch viele Überraschungen für dich bereit hält."

Auf solche Äußerungen wollte Margaretha sich nun aber gar nicht einlassen. Sie legte sich in der guten Stube auf das bequeme Sofa, die Großmutter nahm im Lehnstuhl Platz. Einen Gedichtband von Goethe hatte sie hervorgeholt und begann mit ihrer angenehmen weichen Stimme, einige Gedichte daraus vorzulesen. Irgendwann merkte sie, dass ihre Enkelin tatsächlich eingeschlafen war. Leise verließ sie das Zimmer.

*

Da Margaretha lange geschlafen hatte und erst bei Einbruch der Dunkelheit aufwachte, hatte sie die Abreise von Martens nicht mitbekommen. Die Großeltern richteten Grüße von ihm aus und erzählten ihr, dass er sich voller Anteilnahme nach ihrem Wohlergehen erkundigt habe.

Das fand sie nett, aber mehr auch nicht. Sie war noch zu sehr mit Thomas beschäftigt.

Wie sollte sie sich ihm gegenüber nur verhalten, wenn sie ihn das nächste Mal sehen würde. Sie wusste es nicht.

Aber als der nächste Tag mit herrlichem Sonnenschein begann, die Tiere versorgt und das Frühstück eingenommen war, hatte sich Margarethas Stimmung um einiges verbessert. Die Großeltern waren liebevoll um sie besorgt. Einen kleinen Dämpfer bekam ihre gute Laune allerdings, als der Großvater erwähnte, dass Thomas gleich kommen würde, um mit den Pferden weiter zu arbeiten und seine Enkelin bat, die beiden Friesen und auch Sternenfee auf die Hauskoppel zu holen, damit Thomas mit der Arbeit gleich beginnen konnte.

Margaretha machte sich mit zwei Strickhalftern auf den Weg. Sie lockte die Pferde zu sich und band ihnen die Halfter um. Sternenfee bekam kein Halfter, die würde einfach nebenher laufen. Das hatte sie schon häufiger gemacht. Die Pferde hatten absolutes Vertrauen zu Margaretha.

Die Großmutter stand am Gatter der Hauskoppel und meinte zu Margaretha:

„Es ist ein so wunderschönes Bild wie du mit den Pferden ankommst. Man müsste es malen, Margaretha. Diese edlen Friesen, diese Größe, dieser Gang, und dann du zierliches Persönchen mit dem feuerroten Haar. Einfach überwältigend. Das müsste wirklich für die Ewigkeit festgehalten werden."

„Ja, das finde ich auch. Und ich bewundere deinen Mut Margaretha, dass du die Sternenfee frei nebenher laufen lässt. Einen schönen guten Morgen wünsche ich ihnen, Frau Norges", grüßte mit einer tiefen Verbeugung Thomas, der gerade auf den Hof kam.

„Ist ihr Mann noch gar nicht hier?", fragte er die Großmutter höflich.

„Ihnen auch einen guten Tag, Thomas. Er lässt ausrichten, dass Sie sogleich mit der Arbeit beginnen sollen. Sie wüssten, was als Erstes ansteht. Er kommt, sobald er Zeit hat. Margaretha wird ihnen einstweilen zur Hand gehen."

Sie sah zu ihrer Enkelin und bemerkte deren Unruhe und Unsicherheit Thomas gegenüber.

„Margaretha, ich bin in der Küche, wenn du mich brauchst. Alles ist gut mein Kind. Du schaffst es schon", nickte sie ihr aufmunternd zu und ging.

Margaretha war sehr verlegen. Wie sollte sie denn jetzt mit Thomas umgehen. Er strahlte vor guter Laune und sah dabei so gut aus. Ein blaues Hemd hatte er an, ein Tuch war locker um den Hals geschlungen und ließ ihn etwas verwegen aussehen. Und wieder tickte es in ihrem Kopf „Henriette, Verlobte. Henriette, Verlobte."

Wenn sie diese Worte doch nur ausschalten könnte. Aber es ging nicht.

„Margaretha, was ist denn los mit dir. Gestern warst du so schnell verschwunden. Dabei hätte ich mich gefreut, wenn du Henriette kennen gelernt hättest. Sie war so neugierig auf dich. Ich hatte ihr so viel von dir erzählt. Aber auf einmal warst du weg."

„Vielleicht hast du bemerkt, dass wir einen Gast hatten. Um den musste ich mich kümmern. Ich hatte also gar keine Zeit. Lass uns jetzt bitte mit der Arbeit beginnen. Sonst denkt mein Großvater, dass wir die kostbare Zeit durch Reden vertrödeln", antwortete Margaretha unter großer Anstrengung und versuchte, freundlich und wie immer zu klingen.

Thomas sah sie fragend an, machte sich dann aber daran, das Pferdegeschirr aus dem Stall zu holen.
Eigentlich hätte Franz das schon heraussuchen sollen, aber er war nicht zum Dienst erschienen. Entweder war er krank oder er hatte, wie schon so oft, im Dorf länger gefeiert und mehr getrunken, als ihm gut tat. Der Großvater hatte ihn deswegen schon oft ermahnt und ihm auch mit Rausschmiss gedroht. Aber immer wieder fiel er auf die Beteuerungen von Franz herein, der Besserung schwor. Wäre Franz nicht ansonsten so ein guter Arbeiter, hätte es keine Nachsicht gegeben.
Die Arbeit mit den Pferden lenkte tatsächlich von ihren trüben Gedanken ab. Alles lief bestens. Die Pferde stellten sich sehr geschickt an, Thomas und Margaretha waren ruhig und entspannt genug, den Tieren alle Ängste vor dem Neuen zu nehmen.
Zwischendurch dachte Margaretha an Louise. Sie wollte ihr gleich nachher einen langen Brief schreiben und von den Geschehnissen berichten.
Was sie wohl zu all dem sagen würde?
Auch an Martens und seine freundliche Art dachte sie ab und zu. Und sie überlegte auch, was sie eigentlich für Thomas empfand. War sie tatsächlich verliebt in ihn gewesen, oder waren es geschwisterliche Gefühle, die sie für ihn hegte? Vielleicht war sie einfach nur eifersüchtig, weil sie nicht der Mittelpunkt in seinem Leben war? Schließlich kannte sie ihn schon so viele

Jahre. Eigentlich liebte sie ihn doch eher wie einen Bruder. Die Gedanken glitten hin und her, aber ihr Hauptinteresse galt jetzt den Pferden.

Der Großvater gesellte sich zu ihnen und übernahm jetzt die Hauptarbeit.

Die Pferde waren mit den langen Zügeln einige Zeit geführt worden, auch an die Deichseln hatten sie sich gewöhnt. Jetzt wurden sie vor einen kleinen Karren gespannt. Es ging ganz hervorragend. Mit großem Zutrauen ließen sie alles über sich ergehen.

„Na, wenn Martens wiederkommt wird er sich wundern, was für ein prächtiges Gespann er demnächst besitzen wird. Für heute ist es genug. Morgen spannen wir sie vor die Kutsche", meinte der Alte zufrieden.

„Thomas, wenn du morgen noch einmal kommen magst? Danach habe ich dann erst einmal keine Arbeit mehr für Dich", wandte er sich an Thomas.

Der sicherte sein Kommen zu und bedauerte, dass danach nichts mehr für ihn zu tun sei. Margaretha war ihrem Großvater fast dankbar dafür, weil sie Thomas dann nicht mehr ständig sehen musste. Aber ein bisschen Wehmut spürte sie bei dem Gedanken dann doch. Schnell verabschiedete sie sich von Thomas, der ihr nachrief:

„Bis Morgen, Margaretha. Vielleicht schaffen wir es noch, mit deiner Sternenfee zu arbeiten. Ich würde mich jedenfalls sehr freuen."

Sie ging weiter, drehte sich aber kurz noch einmal um, winkte ihm zu und spürte einen Kloß im Hals. Ihr war nach Weinen zu mute. Aber worüber wollte sie weinen?

Ach, es war im Augenblick alles ein bisschen viel für sie. Dann lieber einen Brief an Louise fertigen und sich alles vom Herzen schreiben. Ihre Freundin wüsste sicher Rat. Auf die konnte sie sich auf jeden Fall verlassen. Und es würde auch nicht allzu lange dauern, bis Louise wieder zu Besuch käme.

Mit diesen tröstlichen Gedanken ging sie zur Großmutter, um bei der Küchenarbeit zu helfen.

Es gab auch sonst genug für Margaretha zu tun. Der Tag verrann sehr schnell. Kaum hatte sie genug Zeit um ihre Zeilen an Louise zu schreiben. Ach, wäre sie nur hier. Noch vor dem Schlafengehen war der Brief dann doch noch fertig geworden. Gleich morgen würde sie zu Herrn Gosch in den Krämerladen gehen und den Brief dort für die nächste Postkutsche aufgeben.

Die Vögel in der Kastanie weckten sie mit ihrem fröhlichen Gesang noch bevor der Hahn krähte. Eilig erledigte sie ihre Morgentoilette und sprang gut gelaunt die alte knarrende Treppe hinunter. Strahlend wünschte sie ihren Großeltern, die zu ihrem Erstaunen schon vor der Küchentür standen einen guten Morgen, der von den beiden lächelnd erwidert wurde.

„Na, Margaretha, du strahlst ja wie dieser wunderschöne Sonnenaufgang. Hast du gut geschlafen, mein Kind?", fragte der Großvater und drückte sie dabei herzlich an seine Brust.

„Ja, danke, ich habe tief und fest geschlafen. Ihr seid heute ja sehr früh auf. Gibt es etwas Besonderes?", wollte Margaretha wissen. Die Alten verneinten die Frage und meinten, dass auch sie heute durch die Vögel geweckt worden seien.

Margaretha erkundigte sich bei der Großmutter, ob sie später aus dem Dorf noch Einkäufe mitbringen solle, wenn sie den Brief an Louise aufgeben würde. Einige Kleinigkeiten fielen der Großmutter ein. Dann wurden erst einmal die Tiere versorgt und mit Knecht und Stallburschen ein kräftiges Frühstück eingenommen. Franz erzählte von einer Tanzveranstaltung, die er am vergangenen Wochenende besucht hatte. Er grinste über das ganze Gesicht, als er meinte, demnächst heiraten zu wollen. In eine Melkdeern hatte er sich verguckt.

„Herr Norges, dann muss ich wohl mal einen Tag frei haben, um zu feiern. Und vielleicht ein kleines bisschen mehr Lohn? Hab ja dann ne Frau zu versorgen. Die soll sich dann um die Kinder kümmern und nicht mehr so viel mit den Milchkühen arbeiten. Und ein kleines Häuschen brauchen wir dann wohl auch. Und das kostet alles."

Er redete wie ein Wasserfall, so dass alle anderen am Tisch sich das Lachen nicht verkneifen konnten. Norges winkte erst mal ab und meinte, wer mehr Geld wollte, müsste zunächst wohl sehr zuverlässig sein und kräftig arbeiten. Franz und alle anderen wussten natürlich, wie das gemeint war.

„Aber das war auch nur schon mal angefragt. Nichts für Ungut, Herr Norges. Ich werd mich ordentlich ins Zeug legen, damit sie sehen, was ich kann."

Und auch jetzt schmunzelten die Anwesenden vor sich hin. Na, das kann ja lustig werden, dachte Margaretha. Da müsste Franz sich schon gewaltig um die eigene Achse drehen, wenn da plötzlich ein anderer Mensch zutage treten wollte.

So fröhlich wie der Tag begann, ging er auch weiter. Margaretha hatte sich gefasst und sah der Begegnung mit Thomas gelassener entgegen. Den Brief an ihre Freundin zu schreiben hatte ihr gut getan. Bevor die Arbeit mit den Friesen weiterging, lief sie schnell ins Dorf, um den Brief aufzugeben und die kleinen Besorgungen für die Großmutter zu erledigen. Natürlich bekam sie wie üblich einen Bonbon aus dem großen Bonbonglas. Ein wenig plauderte sie noch mit Gosch und seiner Frau. So erfuhr sie auch, dass das Unwetter neulich wohl tatsächlich einen verheerenden Einschlag im Isern Holt hinterlassen hatte. Goschs selbst waren auf einer kleinen Ausflugsfahrt dort gewesen und hatten sich das Drama angesehen.

„So ein uralter Baum in zwei Teile gespalten, Margaretha. Ein Jammer ist das. Viele Hundert Jahre war der Baum alt. Das solltet ihr euch unbedingt ansehen. Grüße die Großeltern recht herzlich und richte bitte aus, dass nächste Woche eine neue Tabaksorte geliefert wird. Das wird deinen Großvater bestimmt interessieren", meinte Frau Gosch zum Abschied.

Im Dorf herrschte emsiges Treiben. Das gute Wetter musste ausgenutzt werden. Hier und da wurde dennoch ein Plausch gehalten und Margaretha wurde immer wieder angehalten, um das Ihrige dazuzugeben.

Dann endlich war sie zurück und bemerkte gleich, dass Thomas mit dem Großvater und dem Stallknecht schon bei der Arbeit war. Die Pferde waren schon vor die Kutsche gespannt und wurden langsam geführt. Es gab nicht die geringsten Probleme. Sie gingen im Gleichschritt, als hätten sie nie etwas anderes gemacht. So holte Margaretha Sternenfee von der Koppel. Sie hatte die Hoffnung nicht aufgegeben, dass ihr Pferd heute noch eingeritten werden würde. Dass dies sehr schnell gehen würde, wusste nur sie. Die anderen ahnten ja nicht, dass sie schon auf ihrem Pferd geritten war.

Und tatsächlich waren sie mit der Arbeit schneller fertig, als geglaubt. Jetzt gab der Großvater tatsächlich den Auftrag an Thomas weiter, Margaretha beim Einreiten der Sternenfee zu helfen. Da er seine Enkelin gut genug kannte, wusste er, dass sie diese Aufgabe selbst übernehmen wollte. Es begann mit den üblichen behutsamen Übungen. Decke auf den Rücken des Pferdes legen, langsam auf den Rücken des Tieres legen, im gemütlichen Schritt bewegen. Dann den Sattel auflegen und erst einmal mit Sattel im Kreis herum führen. Margaretha kannte das alles.

Und ihr Pferd, bis auf Decke und Sattel, auch.

Die beiden Männer waren sehr überrascht, wie zügig es mit Sternenfee voran ging. Sie lobten Margaretha sehr und gratulierten zu ihrem so gelehrigen Pferd. Margaretha indes schmunzelte in sich hinein. Nach kurzer Zeit erhielt sie vom Großvater die Erlaubnis, sich auf den Rücken des Pferdes zu setzten um einige Schritte zu gehen.

„Donnerwetter, Margaretha, was für ein Prachtpferd. Ich kann kaum glauben, dass noch niemand auf diesem Pferd geritten ist. Es sieht so aus, als würde die Stute das alles schon kennen", meinte der Großvater anerkennend, als Margaretha nicht nur im Schritt, sondern plötzlich im Trab an ihm vorbei ritt.

Ermutigt durch seine Worte ließ sie ihr Pferd angaloppieren. Ein Glücksgefühl durchströmte sie, als es im langsamen, gleichmäßigen Galopp über die Koppel ging.

Sie sah die Männer mit offenen Mündern am Zaun stehen und genoss diesen Augenblick sehr.

Wieder am Gatter angekommen, stoppte sie ihr Pferd mit einem leuchtenden Lächeln im Gesicht.

„Großvater, jetzt wo alles so gut ging, muss ich dir gestehen, dass ich manchmal auf Sternenfee geritten bin. Ich traute mich nur nicht, es dir zu erzählen, weil du dir immer Sorgen um mich machst. Aber ich wusste, dass mein Pferd mich nicht abwerfen würde. Sei mir bitte nicht böse."

Sie war bei diesen Worten abgestiegen, hatte ihrem Pferd den Hals geklopft und umarmte ihren Großvater herzlich. Der versuchte, sie böse anzusehen, was ihm allerdings nicht recht gelingen wollte. Er war unendlich stolz auf seine Enkelin und sagte ihr das auch. Auch von Thomas erntete sie anerkennende Blicke.

Die Großmutter gesellte sich zu ihnen.

„Mein Kind, ich habe dich auf deinem Pferd reiten sehen und ich habe dein Geständnis gehört. Es war nicht recht von dir, uns zu verheimlichen, dass du schon auf Sternenfee geritten bist. Stell dir vor, es wäre dir dort hinten auf der Koppel etwas passiert. Wir hätten doch gar nichts davon mitbekommen. Mach das bitte nie wieder. Aber ich muss ehrlich gestehen, dass ich noch nie so ein wunderschönes Bild einer Reiterin gesehen habe. Die Gangart deines Pferdes ist einzigartig. Du könntest einen sehr hohen Preis für dieses Pferd verlangen. Nein, nein, keine Sorge, ich weiß, dass es unverkäuflich ist. Ich wollte dir damit nur sagen, welchen Schatz du im wahrsten Sinne des Wortes besitzt."

Damit nahm sie ihre Enkelin herzlich in Arme und drückte sie fest an sich.

Nach dem Mittagessen, als die Knechte wieder an die Arbeit gegangen waren, wurde Margaretha von ihren Großeltern zurückgehalten. Sie wollten etwas mit ihr besprechen.

Sie erzählten ihr, dass sie ihr Geburtstagsgeschenk, welches ja erst im August fällig wäre, schon vorzeitig bekommen sollte. Die Großeltern wollten einen maßgeschneiderten Sattel für Sternenfee anfertigen lassen. Schwarzes Leder mit Silberbeschlägen. Trense und Zügel sollten passend dazu hergestellt werden.

„Wir haben beide mit großer Bewunderung gesehen, was für ein Bild ihr gemeinsam abgebt und darum soll dein Pferd das schönste Geschirr bekommen, das wir uns leisten können."

Margaretha war gerührt und überglücklich. Von Herzen dankte sie den beiden Alten. Sie jubelte und sprang vor Freude kreuz und quer durch die Küche.

Und zu all dem Glück kam auch noch ein Brief von Louise. Ein Nachbar hatte den Brief, der bei Gosch angekommen war, auf seinem Heimweg mitgebracht. Sie zog sich damit auf ihr Zimmer zurück, um in aller Ruhe die Worte ihrer Freundin zu lesen. Es tat so gut, sich mit Louise auszutauschen. Allerdings war ihre Verzweiflung bezüglich Thomas inzwischen gänzlich verflogen. Es besänftigte sie aber doch, wie einfühlsam Louise sich dazu äußerte und wie sehr sie in ihrem Brief versuchte zu trösten.

Ach, eigentlich ist das Leben doch schön, dachte sie und berichtete ihrer Freundin sogleich von den neuesten Ereignissen und ihrer großen Freude über ihr vorzeitiges Geburtstagsgeschenk. Dabei wusste sie, dass Louise diese Mitteilung sicher mit leichtem Kopfschütteln lesen würde.

Sie sah fast die nach oben gezogenen Augenbrauen ihrer Freundin. Eine Angewohnheit Louises, wenn sie mit Umständen nicht einverstanden war. Louise würde sich sicher viel mehr über neue Kleidung, Schuhe oder Schmuck freuen. So ist eben jede verschieden.

*

Die Tage vergingen und schon kündigte der Großvater den erneuten Besuch von Martens an.

Die beiden Friesen wurden zur Übung noch einmal vor die Kutsche gespannt. Alles ging hervorragend. Martens konnte kommen.

„Dann wollen wir mal sehen, dass er einen vernünftigen Preis für diese prächtigen Pferde zahlt", meinte der Großvater, nachdem die Tiere ausgespannt worden waren.

Margaretha freute sich auf Martens, und als er am Samstagvormittag dann an die Tür klopfte, merkte sie, dass ihr Herz schneller schlug und sie ganz aufgeregt war.

Herzlich wurde er begrüßt und in die Stube geführt, um zunächst Kaffee zu trinken und zur Entspannung erst einmal Neuigkeiten auszutauschen.

Der junge Mann, der ihn begleitete, und den er als seinen Pferdeknecht vorgestellt hatte verschwand gleich in Richtung Stall.

Immer wieder sah Martens Margaretha mit leichtem Lächeln an. Verlegen erwiderte sie es.

Dann war es Zeit, die Pferde zu begutachten.

„Ich bin sehr gespannt, Herr Norges, was ich jetzt zu sehen bekomme", meinte Martens.

„Oh ho, dass dürfen Sie auch sein, Herr Martens. Sie können gleich das beste und imposanteste Pferdegespann kaufen, das sie je gesehen haben", antwortete der Großvater stolz.

Franz hatte bei Eintreffen von Martens den Auftrag erhalten, die Pferde einzuspannen. Und tatsächlich hatte er diesen Auftrag hervorragend ausgeführt. Die beiden Pferde standen ruhig, glänzend gestriegelt und würdevoll aussehend vor der kleinen

Kutsche. Martens Pferdeknecht stand so stolz daneben, als hätte er hier auch irgendetwas vollbracht.

„Ja, da fehlen mir tatsächlich die Worte."

Martens stand staunend da. „Wirklich wunderschön, Herr Norges. So ein erstklassiges Gespann habe ich tatsächlich noch nicht gesehen."

Er besah die Pferde von allen Seiten.

„Jetzt möchte ich aber gleich eine Probefahrt machen. Margaretha, kommen Sie mit?", fragte er und reichte ihr seine Hand, um beim Einsteigen in die Kutsche behilflich zu sein. Diese für sie überraschende Geste machte Margaretha ganz verlegen. Hilfe beim Einsteigen in die Kutsche zu erhalten, fand sie eigentlich albern. Aber sie verstand diese Geste als Höflichkeit und reichte Martens ihre Hand.

„Da komm ich wohl gerade ziemlich ungelegen", ertönte es plötzlich.

Hein Egg stand im Hof. Nicht einmal Greif hatte ihn durch Bellen angekündigt. Man hätte meinen können, dass er sich angeschlichen hatte.

Margaretha war nicht wohl bei seinem Anblick. Die Männer begrüßten ihn aber, wie es sich gehörte. Die Probefahrt war durch Eggs Anwesenheit erst einmal aufgeschoben. Egg wollte angeblich Rat des Großvaters wegen eines kranken Pferdes einholen. Er stierte Margaretha immerzu an. Er war ihr so unangenehm, dass sie sich in die Küche zur Großmutter zurückzog.

„Großmutter, ich finde ihn so widerlich. Er guckt mich immer so komisch an, dass mir fast Angst wird", klagte sie ihr Unbehagen.

„Ja, Margaretha, ich mag ihn auch nicht besonders, aber er macht Geschäfte mit Großvater, und darum haben wir ihm mit Achtung zu begegnen. Außerdem hat er um deine Hand angehalten, und ich muss gestehen, dass er eine gute Partie wäre.

Geld ist reichlich vorhanden. Und natürlich möchten dein Großvater und ich, dass du versorgt bist, falls uns mal etwas zustößt."

Als sie das entsetzte Gesicht Margarethas sah, fügte sie hinzu: „Nein, mach dir keine Sorgen, ohne deine Einwilligung wirst du nicht verheiratet. Das haben wir dir versprochen und das halten wir auch. Schließlich wollen wir, dass du glücklich wirst, mein kleiner Sonnenschein."

Sie schauten durch das Küchenfenster zu den Männern im Hof. Endlich sahen sie, dass Hein Egg sich verabschiedete und schon hörten sie Martens rufen.

„Margaretha, wir sind soweit und können los, kommen Sie mit?"

Eilig lief sie hinaus und sprang gleich in die Kutsche, so dass Martens ihr nicht noch einmal Hilfe anbieten konnte. Der Großvater saß schon auf dem Kutschbock. Lachend setzte Martens sich daneben, nahm die Zügel und schnalzte leicht. Die Pferde setzten sich in Bewegung und die Fahrt ging ins freie Feld Richtung Dorf. Einen leichten Trab wagte Martens sehr schnell. Die Pferde erledigten ihre Arbeit, als hätten sie ihr Leben lang nichts anderes getan.

Martens war begeistert. Bewundernde Blicke verfolgten das Gespann, als sie durch das Dorf fuhren. Der Schmied, der gerade vor seinem Haus ein Pferd beschlug, rief ihnen einen freundlichen Gruß zu und meinte, dass der junge Herr wohl den besten Kauf seines Lebens machen würde. Der drehte sich zu Margaretha um und meinte:

„Na, der Kauf meines Lebens wäre wohl Sternenfee, aber die geben Sie wohl nach wie vor nicht her, Margaretha?"

Dabei grinste er übers ganze Gesicht, damit sie verstand, dass er diese Äußerung scherzhaft gemeint hatte.

Großvater musste immer wieder die Hand an die Mütze zum Gruß erheben. Norges waren beliebt und geschätzt, weil seine Kunden häufig auch Geld im Dorf ließen, wenn sie ihre Geschäfte bei Norges erledigt hatten.

Ob es um einen kräftigen Schluck in der Gaststätte ging, oder ob Kleinigkeiten bei Gosch gekauft wurden oder auch mal eine Reparatur an einer der Kutschen ausgeführt werden musste, der Ort verdiente mit.

Die Probefahrt dauerte nicht allzu lange, weil Martens mehr als zufrieden mit seinem neuen Gespann war. Außerdem waren die Wege wegen der anhaltenden Wärme sehr staubig. Inzwischen hatte er die Zügel übernommen.

Auf der Rückfahrt blieben die Friesen plötzlich mit einem Ruck stehen.

„Na, was ist denn nun los?", kam von Martens.

„Wieso bleiben die Pferde stehen?"

Margaretha war schon ausgestiegen. Auch sie war verblüfft. Die Pferde rührten sich nicht. Prusteten nur leicht durch die Nüstern. Dann sah Margaretha die Ursache und bedeutete ihrem Großvater, der gerade vom Kutschbock steigen wollte, sitzen zu bleiben. Lachend sah sie zu den beiden Männern hinauf und sagte, an Martens gewandt:

„Ja, Herr Martens, in dieser Situation wäre jedes andere Pferdegespann entweder in Panik hoch aufgestiegen oder ausgebrochen. Hier liegt nur eine Ringelnatter auf dem Weg. Da sehen sie mal, was für besondere Tiere diese Friesen sind. Bleiben nur ruhig stehen und machen kein Theater."

Sie brach einen Zweig von einem Busch ab, hob die Natter damit an und warf sie ins seitliche Gebüsch. Dafür erntete sie anerkennende Worte von Martens.

Der Großvater grinste vergnügt vor sich hin und bestätigte noch einmal Margarethas Worte. Martens zeigte sich dann auch restlos zufrieden mit diesem Pferdegespann.

Zurück auf dem Hof begaben sich die Männer ins Haus um nach alter Sitte um den Kaufpreis zu feilschen. Als der Großvater wenig später um Kaffee und einen Schnaps bat, machte er einen zufriedenen Eindruck. Er erzählte, dass sie sich auf 950 Mark pro Pferd geeinigt hätten. Der Vertrag war auch nach alter Sitte mit Handschlag besiegelt worden.

„Ein zäher Verhandlungspartner ist Herr Martens. Allerdings hat er dann doch eingesehen, dass das Gespann sein Geld wert ist", raunte er seiner Frau zu.

Das Geschäft wurde begossen. In entspannter Atmosphäre saßen sie im Wohnzimmer noch eine Weile zusammen. Dann bereitete Martens sich für die Rückreise mit den beiden Friesen vor. Sein Knecht erhielt Anweisungen, den Pferden aus Stricken geflochtenes Zaumzeug anzulegen, welches er mitgebracht hatte. Die Pferde sollten am langen Zügel vom Knecht gehalten werden, bis sie in Schleswig die erste Rast machen würden.

Erst am nächsten Tag wollten sie dann bis nach Hürup, in der Nähe von Flensburg, wo Martens einen großen Hof mit noch größerer Länderei besaß, weiterziehen.

Mit Margaretha und deren Großeltern vereinbarte er, am folgenden Wochenende wiederzukommen, um dann die versprochene Landpartie mit Margaretha zu unternehmen.

„Ich werde dann auf jeden Fall mit den Friesen kommen. Sie werden staunen, Margaretha, wie schön das Gespann dann aussehen wird. Und dann fahren wir auf jeden Fall bis zur Eisenbahn", winkte er fröhlich zum Abschied.

Cora und Sternenfee, die auf der Hauskoppel standen, wieherten den Pferden wie zum Abschied hinterher.

Lange schauten die Zurückgebliebenen den Reisenden nach. Es schmerzte immer wieder, wenn Pferde, die von ihnen aufgezogen worden waren, den Hof verließen.

„Das Herz hängt ja doch sehr an den vertrauten Tieren", sagte der Großvater mit leiser Stimme und wischte sich verstohlen eine Träne von der Wange.

Der Alltag ging seinen Gang und für den nächsten Tag hatte der Großvater einen Termin beim Schmied vereinbart. Weil der Sattler aus dem Nachbardorf kommen wollte, sollte die Gelegenheit genutzt werden, einen Sattel für Margarethas Pferd anpassen zu lassen.

Gut gelaunt machte sie sich mit Sternenfee am Führ-Strick und vom Großvater begleitet auf den Weg ins Dorf. Sie gingen beide gerne zu Fuß. Er nutzte diese kleinen Arbeitspausen zur Entspannung, sie freute sich immer, wenn sie in aller Ruhe mit ihrem Großvater reden konnte. Gerne hörte sie ihm auch zu, wenn er aus früheren Zeiten erzählte oder wenn er ihr die Natur erklärte. Aber auch über Literatur und ganz alltägliche Dinge konnten die zwei sich auf solchen Spaziergängen unterhalten.

„Es wird Zeit, dass wir Regen kriegen, Margaretha. Die Felder trocknen schon aus und die Mäuse vermehren sich in diesem Jahr viel zu stark. Das könnte, wenn sich nicht bald etwas ändert, zu einer heftigen Missernte führen", äußerte er gerade, als sie einem Nachbarn begegneten, der sich unter einem Holunderbusch zum Ausruhen niedergelassen hatte.

„Moin, Norges, bei dieser Hitze mit dem Pferd unterwegs? Ist das deiner, Margaretha? Was für ein prächtiges Tier", meinte er anerkennend.

„Ja, das ist Margarethas Pferd. Wir sind auf dem Weg zum Schmied um einen Sattel anpassen zu lassen. Wie geht es denn deiner Frau, Wilhelm? Ist es jetzt nicht bald so weit, dass euer achtes Kind zur Welt kommen soll?", erkundigte sich der Großvater.

Der Nachbar berichtete, dass es seiner Frau recht gut ginge, sie aber unter der großen Hitze sehr leiden würde. Das Kind soll tatsächlich in den nächsten Tagen kommen und sie sei froh, wenn die Geburt vorüber wäre.

„Hoffentlich wird es ein Junge, damit er auf dem Hof helfen kann. Nach sieben Mädchen müsste doch mal ein Sohn kommen. Oder was meint ihr Norges? Und du, Margaretha, wie ist es bei dir mit dem Heiraten bestellt? Habe gehört, dass Hein Egg um deine Hand anhalten will. Stimmt das? War er schon bei euch, Norges?", wollte er neugierig wissen.

Anstelle Margarethas antwortete der Großvater: „Nein, Wilhelm, der Egg war noch nicht vorsprechen. Aber Margaretha will sich auch noch ein bisschen Zeit mit dem Heiraten lassen. Kriegst es noch früh genug zu wissen, wenn sich was tut. So, wir müssen jetzt weiter. Du weißt, der Schmied wartet nicht gerne auf seine Kunden. Schönen Gruß auch an die Frau. Wir drücken dann die Daumen für einen Sohn."

Damit tippte er zum Abschied an seine Mütze und ging mit Margaretha weiter.

Bevor die ihren Großvater ansprechen konnte, sagte er:

„Mach dir keine Gedanken, mein Kind. Es wird alles so laufen, wie du es möchtest. Die Leute zerreißen sich doch immer das Maul, wenn sie nichts zu tun haben."

Den Rest des Weges verbrachten sie plaudernd und eh sie sich versahen, waren sie beim Schmied angekommen. Der Sattler, der schon eine geraume Zeit gewartet hatte, zeigte sich mit einem etwas mürrischen Gesicht. Das aber hellte sich auf, als er Sternenfee sah.

„Wenn das keine Schönheit ist, weiß ich es auch nicht mehr. Das entschädigt für die Wartezeit, Norges", äußerte er mit einem anerkennendem Blick auf Margarethas Pferd.

Der Sattler nahm Maß und versprach, den Sattel und das entsprechende Zaumzeug in vierzehn Tagen fertig zu haben. Er wollte auch alles selbst vorbeibringen, weil er die ganze Herrlichkeit seiner Arbeit an dem Pferd persönlich sehen wollte. Außerdem war dies ein selten hoher Auftrag, der sich finanziell für ihn lohnte. Für solche Kunden lieferte er gerne selbst ab.

Nachdem sich Mensch und Tier an dem köstlichen Brunnenwasser erfrischt hatten, traten sie den Rückweg an. Der Großvater hatte es jetzt eilig. Er meinte, dass es doch schon lohnen könnte, mit der Heuernte zu beginnen. Bei der Schmiede hatten einige Monarchen gestanden und nach Arbeit gefragt.

Monarchen, so hießen in dieser Gegend Wanderarbeiter, die ihre Hilfe sehr günstig angeboten haben. Das wollte der Großvater gerne in Anspruch nehmen.

„Vielleicht hätte ich Thomas noch behalten sollen, aber für die Heuarbeit hat er nicht genug Talent. Da sind mir die Monarchen dann doch lieber. Die arbeiten zügig und kennen sich mit der Sense gut aus. Außerdem ist das Gras lang genug gewachsen und was wir trocken im Stall haben, nimmt uns keiner weg. Sonst könnte das gute Gras verdorren, wenn es noch lange so trocken bleibt oder es würde nach einem plötzlichen Regen wieder dauern, ehe wir es ernten können", erklärte er Margaretha.

Diese stellte fest, dass sie gar nicht mehr an Thomas gedacht hatte. Ihre Gedanken waren zu sehr mit ihrem Pferd und den Gesprächen des Großvaters beschäftigt gewesen.

*

Die Woche verlief bei sengender Hitze dennoch schnell. Das Heu war in Garben zu Hocken aufgestellt, schnell getrocknet und inzwischen eingefahren worden.

Als am Samstag schon recht früh die Kutsche von Martens mit den davor gespannten Friesen auf den Hof fuhr, konnte Margaretha eine große Freude in sich spüren. Mehr darüber, die Friesen, als darüber Martens zu sehen.

Die Pferde begrüßten ihr ehemaliges Zuhause mit lautem Wiehern.

Als Martens sie breit lächelnd anstrahlte, freute sie sich aber doch, dass er da war. Ein großes in ein Tuch eingeschlagenes Bündel hob er gerade aus der Reisekiste, die hinten an der Kutsche befestigt war.

„Für ihre Großmutter, Margaretha. Das ist Spargel. Ich habe in diesem Jahr das erste Mal dieses Gemüse angebaut. Jetzt aber schnell in die Küche damit, damit der Spargel nicht welkt", sprach er munter nach einer freundlichen Begrüßung.

In der Küche, in der die Großmutter gerade gemütlich mit einer Tasse Kaffee saß, erklärte er ihr, nachdem er nur Positives über seine Pferde berichtet hatte, die Zubereitung des Spargels.

„Die Enden der Spargelstangen müssen noch einmal frisch angeschnitten werden. Dann wird jede Stange dünn geschält. Die Köpfe bleiben dran, denn sie sind das Beste am Spargel. Eine Prise Salz und Zucker in den Topf und ungefähr zwanzig bis dreißig Minuten kochen. Frau Norges, bei uns essen wir den Spargel mit Kartoffeln, zerlassener Butter und einigen Scheiben Katenschinken. Ich sage ihnen, sie werden, wie Goethe, begeistert sein. Der schätzte den Geschmack des Spargels ganz besonders", erklärte Martens.

Die Großmutter war zwar skeptisch, als sie dieses unscheinbare Gemüse sah. Da sie allem Neuen aber aufgeschlossen gegenüber stand, wollte sie den Spargel gerne zubereiten. Wie lange sie ihn denn lagern könne, wollte sie wissen und staunte darüber, dass sie ihn möglichst am gleichen Tag, spätestens aber am Folgetag zubereiten müsste, weil er sonst eintrocknen würde.

„Na, Herr Martens, ob sie damit etwas werden können, weiß ich nicht recht. Ein Gemüse, das nicht hält, scheint mir nicht praktisch zu sein. Was kostet so etwas denn?"

Martens nannte einen Preis für das Kilogramm, bei dem sie mit dem Kopf schüttelte. Teurer als Kaffee und sogar teurer als Apfelsinen, stellte sie fest und meinte, dass das dann wohl nur ein Gemüse für Wohlhabende sei. Zu dem hohen Preis erklärte Martens, dass der Spargel nur einige Wochen im Jahr und auch nur bei genügend Sonnenschein geerntet werden könne und der Preis darum gerechtfertigt sei.

„Ich bin davon überzeugt, dass das ein Gemüse der Zukunft sein wird. Noch bin ich fast der Einzige, der es in unseren Regionen anbaut", meinte Martens zuversichtlich.

Die Großmutter hatte ursprünglich andere Essenspläne für den Tag, versprach aber, den Spargel nach seinen Anweisungen zuzubereiten.

Martens machte sich auf die Suche nach dem Großvater, weil er sich noch einmal dessen Erlaubnis für eine kleine Ausfahrt mit Margaretha holen wollte. Margaretha half ihrer Großmutter indessen, die große Menge an Spargel zu schälen. Sie brauchten sehr lange, um mit dem neuen Gemüse klar zu kommen. Ein selbst geräucherter Schinken wurde von der Großmutter in Scheiben geschnitten, Kartoffeln und Spargel kochten und ein Teller mit einem großen Stück Butter lag schon auf dem Tisch.

Sowohl der Großvater, als auch der Knecht und Franz guckten zweifelnd, als sie ihr Mittagessen serviert bekamen. Sie probierten und sahen sich an. Martens guckte erwartungsvoll.

„Na, ich weiß nicht recht", meinte der Großvater. „Schmeckt eigentlich nur nach Wasser. Davon kann doch kein Mensch satt werden. Da braucht man ja ne Menge mehr von dem guten Schinken."

Die Anderen nickten zustimmend. Sie hätten gerne ein gutes Stück Fleisch auf dem Teller gehabt. Oder ein Gemüse, das sie kannten. Nur die Großmutter aß in stiller Andacht mit Genuss und lobte das neue Gewächs sehr. Die Männer meinten, dass sie so was nicht so schnell wieder haben müssten und standen schneller als sonst vom Mittagstisch auf.

Martens war nicht enttäuscht, hatte er doch zumindest eine neue Liebhaberin für sein Gemüse gewonnen. Er fragte Margaretha, die bisher geschwiegen hatte, nach deren Meinung und erfuhr, dass sie hin- und hergerissen war zwischen Mögen und Nichtmögen.

„Nur weil es Goethe gemundet hat, muss es uns ja nicht schmecken. Aber vielleicht brauchen wir auch nur ein bisschen Zeit, uns an etwas Neues zu gewöhnen", gab sie ihm zur Antwort.

Eigentlich war sie auch gar nicht bei der Sache, denn innerlich war sie ganz aufgeregt. Schließlich würde sie mit Martens gleich einen Ausflug zur Eisenbahn machen.

Es sollte Richtung Schleswig gehen. Martens meinte, dass noch heute am Nachmittag ein Zug von Hamburg nach Flensburg führe und den wollte er ihr gerne auf der Strecke zeigen. Er sagte, dass sie kurz vor Schleswig auf der Höhe von Busdorf einen guten Blick auf die Eisenbahn haben würden.

Wenig später machten sie sich reisefertig.

Die Großmutter hatte einen Korb mit etwas Proviant vorbereitet.

Kühles Bier, etwas Brot und ein Stück Käse waren dabei.

Geregnet hatte es immer noch nicht. So waren die Feldwege nach wie vor sehr trocken und sie fuhren die ganze Zeit in einer Staubwolke. Der Flieder, der reichlich blühte, verströmte seinen betörenden Duft und die Luft flirrte fast durch die große Wärme.

Die beiden Reisenden strahlten übers ganze Gesicht und freuten sich, diesen Ausflug machen zu können. Margarethas anfängliche Verlegenheit darüber, dass sie mit einem Mann alleine unterwegs war, legte sich schnell. Martens plauderte unentwegt, um ihr ihre Unsicherheit zu nehmen. So erzählte er auch, dass in den nächsten Jahren ein Eisenbahnanschluss an Eckernförde geplant sei.

Beide bedauerten, dass es jetzt noch nicht der Fall war, weil die Fahrzeit für sie dadurch um einiges kürzer gewesen wäre als die Strecke Richtung Schleswig.

Sie genossen es, durch eine wunderschöne Landschaft zu fahren. Rapsfelder und Getreidefelder wechselten ständig in dieser leicht hügeligen Landschaft. Schafe blökten ihnen zu und die Landarbeiter schauten dem hübschen Pferdegespann hinterher.

„Vielleicht schaffen wir ja sogar noch einen Abstecher an das Selker Noor, Margaretha. Was würden Sie davon halten?", fragte Martens.

„Das wäre sicher nett, ich war noch nie am Selker Noor, Claudius."

Sie hatten sich vorhin darauf geeinigt, dass Margaretha ihn nicht mehr mit Herr Martens ansprechen sollte, sondern ihn bei seinem Vornamen nannte.

In der Nähe vom Königshügel machten sie eine Pause. Die Pferde hatten sie vor kurzem an einem Weiher getränkt und ein Schattenplätzchen war hier auch schnell gefunden. Beide hatten sich in das kühlere Gras unter einen Baum gesetzt und erfreuten sich am vorsorglich eingepackten Proviant. Margaretha hatte schon einige Male gefragt, ob er sicher sei, dass sie die Eisenbahn auch wirklich zu sehen bekäme. Sie kam sich selbst vor wie ein ungeduldiges kleines Kind, konnte aber nichts dagegen machen.

Dann ging es auch schon weiter. Claudius hatte ihr gerade versprochen, dass sie nur noch einen kurzen Augenblick warten müsste, bis sie endlich die Eisenbahn bestaunen konnte. Einen großen Bogen um den Königshügel waren sie gefahren, als Claudius die Kutsche stoppte.

„So, Margaretha, von hier haben wir gleich einen wunderbaren Blick auf die Bahn. Schauen Sie mal, von links, wo Sie die Gleise gut erkennen können, fährt die Bahn in einem Bogen an uns vorbei." Er schaute auf seine Taschenuhr, schmunzelte und meinte: „Gleich müssten wir das Schnaufen des Ungetüms hören. Lassen Sie uns nur absteigen, die Pferde anbinden und einige Schritte die Anhöhe heruntergehen."

„Ob es wohl so sein wird, wie die Dichterin Sophie Dethleffs das Ereignis beschrieben hat? Was meinen Sie, Claudius, Sie sind doch schon mit der Bahn gefahren."

Er beteuerte, dass die aus Heide stammende Dichterin die Bahn vortrefflich beschrieben habe und erwähnte noch, dass die Frau das Gedicht verfasst habe, nachdem sie selbst zum ersten Mal diesem Ungetüm gegenüber gestanden hätte. Zumindest hätte er es so gehört.

Dann hob er den Finger und lauschte. „Ich glaube, sie kommt", flüsterte er ihr zu.

Und wirklich, in der Ferne waren fremde Geräusche zu hören.

Margaretha streckte ihren Hals in Richtung des Geräusches.

Ein dumpfes Schuck schuck schuck war zu hören. Dann erklang ein lang anhaltender durchdringender Pfeifton, der ihr durch Mark und Bein ging.

Instinktiv ergriff sie Claudius Hand und klammerte sich daran. Ihr Herz schlug vor Aufregung ganz heftig.

„Oh Gott, was ist denn das?", rief sie laut aus.

Um die Ecke kam ein furchterregendes riesiges schwarzes Gefährt. Dampf kam aus einer Art Schornstein. Riesige Räder schoben das Ding voran. Vier Wagen wurden auch noch gezogen und schuck schuck schuck und mit schrillem Pfeifen und zischend und knatternd mit so fremdartigen Geräuschen zog es an ihnen vorbei.

Margaretha gingen diese fremden Töne durch Mark und Bein. Ein Mann mit geschwärztem Gesicht schaute aus dem Fenster des ersten Gefährts. Er winkte ihnen fröhlich zu.

Margaretha war wegen der Lautstärke des Gefährts so erschrocken, dass sie den Gruß gar nicht erwidern konnte. Hinter den kleinen Fenstern der folgenden Wagen wurde auch gewunken.

Claudius hatte inzwischen ein blütenweißes Taschentuch in der Hand, mit dem er zu den Reisenden zurückwinkte.

Alles war voller beißendem Rauch der die Augen schnell zum Tränen brachte.

Und so schnell wie das Gefährt gekommen war, war es auch schon wieder verschwunden.

Nachdem die Bahn längst an ihnen vorbei und schon nicht mehr in Sicht war, hing der Qualm noch in der Luft. Und immer noch hielt sie Claudius Hand. Erst als er diese kräftig drückte, bemerkte sie es und ließ verlegen los.

„Ich bitte um Entschuldigung. Ich habe gar nicht bemerkt, dass ich Ihre Hand ergriffen habe. Aber ich war wohl so erschrocken, dass ich mich irgendwo festhalten musste. Sie hätten mir ja auch verraten können, dass es so furchtbar laut wird", erklärte sie ihr Verhalten verlegen.

Claudius lachte nur von Herzen und meinte, dass es ihm recht gut gefallen hätte, ihre Hand zu halten.

Das machte Margaretha nur noch verlegener und sie wusste im Augenblick gar nicht wohin sie schauen sollte.

Claudius lockerte die Situation aber schnell wieder, indem er vorschlug, zu den Pferden zurückzukehren. Er plauderte die ganze Zeit, fragte Margaretha, ob sie zufrieden sei, die Eisenbahn jetzt endlich einmal aus der Nähe gesehen zu haben und teilte ihre Meinung, dass die Dichterin wohl zu ihrer Zeit den gleichen Schreck bekommen hatte wie sie gerade eben.

Dann unterhielten sie sich über die Vorteile, die diese Neuerung sicher bringen würde. Claudius erwähnte, dass er zukünftig wohl eine Menge Geld sparen würde, weil die Lieferzeiten für seine Waren erheblich gekürzt werden würden.

„Wenn ich mir vorstelle, dass diese Bahngleise einmal kreuz und quer durch das ganze Land verlegt werden und keine Pferde und Wagen mehr für die langen Lieferstrecken benötigt werden, hüpft mein Herz vor Freude. Stellen sie sich vor, Margaretha, sogar das Wetter wäre dann egal, denn die Eisenbahn kann bei jeder Witterung fahren."

Margaretha mochte diese Vorstellung nicht ganz teilen, weil sie sich ein Leben ohne ihre geliebten Pferde nicht vorstellen mochte. Außerdem hing von der Pferdezucht ihre finanzielle

Zukunft ab und dies teilte sie Claudius auch mit. Sie fachsimpelten noch eine Weile über die Eisenbahn und die damit verbundenen eventuell anstehenden Veränderungen.

Allerdings waren sie sich beide darin einig, dass das Reisen zukünftig viel mehr Vergnügen machen würde. Und die Entwicklung ging rasant vorwärts. Nach einigem Hin-und Herdiskutieren, kamen beide zu dem Ergebnis, dass die erste Bahn von Altona nach Kiel bereits 1844 fuhr, die Verbindung von Husum nach Schleswig seit 1858 bestand, und von Hamburg bis nach Flensburg konnte seit 1867 gefahren werden. Also bereits drei Jahre.

„Von der Bequemlichkeit einmal abgesehen, Margaretha, kommt man ja auch erheblich schneller voran. Stellen sie sich nur vor, dass ihre Freundin binnen kürzester Zeit zu Besuch kommen könnte und nicht darauf angewiesen wäre, gebracht und geholt zu werden, wenn auch kleinere Ortschaften an die Eisenbahn angebunden werden", meinte Claudius.

Dann schlug er vor, noch einen kleinen Abstecher an das Selker Noor zu machen, um Margaretha dort etwas ganz besonders zu zeigen.

„Wir sind dann sowieso schon auf dem Rückweg. Es ist nur ein kleiner Umweg und ein ganz kurzer Spaziergang. Na, Margaretha, wie sieht es aus? Verkraften sie noch etwas Interessantes, oder ist es für heute genug?"

Margaretha war eigentlich gar nicht in der Lage sich auf etwas Neues einzulassen, sie hatte das gerade Erlebte noch nicht verarbeitet. Dennoch gab sie Claudius ihre Zustimmung für den kleinen Umweg. So konnte sie noch eine Weile nachdenken. Und sie dachte an Louise und wie schön es tatsächlich wäre, wenn sie und Louise sich problemlos häufiger sehen könnten.

Vom heutigen Tag jedenfalls hatte sie Louise wieder viel Neues zu berichten. Wenn die nur dabei gewesen wäre. Wie gerne hätte sie sich jetzt mit ihrer Freundin ausgetauscht.

Einige Minuten schwiegen die beiden. Claudius merkte wohl, dass Margaretha die neuen Eindrücke erst einmal verdauen musste. Er ließ die Pferde in gemächlichem Trab vorangehen. Nach kurzer Zeit bog er rechts in einen Feldweg ein. Jetzt war Margaretha wieder aufmerksam und fragte, wo er hinwolle.

„Nun, Margaretha, ich wollte ihnen doch noch etwas zeigen. Wir müssen gleich einige hundert Meter zu Fuß gehen, aber ich versprechen ihnen, dass es sich lohnen wird."

Sie erklärte ihm, dass sie das schon wieder vergessen hätte und entschuldigte sich. Er lachte leise und verständnisvoll. Das Gespann hielt unter einigen großen Haselnussbäumen. Er band die Pferde an einem der kräftigen Stämme an und bat Margaretha, ihm zu folgen.

Behände sprang sie, inzwischen wieder ganz vergnügt und neugierig, vom Kutschbock und schaute sich interessiert um.

„Geht es hier tatsächlich direkt ans Selker Noor? Es ist doch noch gar kein Wasser zu sehen", wollte sie wissen.

Aber Claudius nahm lächelnd ihren Arm, hakte sie unter und meinte:

„Ach, kommen sie, Margaretha, in knapp zehn Minuten sind wir da. Und sie werden staunen. Wussten sie, dass hier an der Schlei und vor allem am Selker Noor vor Jahrhunderten die wilden Wikinger gelebt haben sollen? Das, was ich ihnen zeigen möchte, ist am Ende des siebzehnten Jahrhunderts hier gefunden worden und soll von den Wikingern stammen. Ein befreundeter Kaufmann hat mich vor einiger Zeit auf die Besonderheit aufmerksam gemacht."

Jetzt war Margaretha aber doch neugierig. Während sie durch den schmalen Feldweg schlenderten, der immer wieder leicht hügelauf und hügelab führte, sprachen sie ausgiebig über die tiefen Eindrücke, die das Erlebnis mit der Eisenbahn bei Margaretha hinterlassen hatte.

Vorbei ging es an dichten Brombeerhecken und hohen Wällen, die links und rechts des Weges die Wiesen vor dem Wind schützten.

Und ganz plötzlich lag vor ihnen ein breiter Schilfgürtel.

Claudius führte die überraschte Margaretha noch um eine Biegung und zeigte stolz, als sei er der Entdecker, auf zwei riesige Steine.

Sie waren sicher fast zwei Meter hoch und etliche Zentimeter breit. Mit den Armen konnte Margaretha sie nicht umfassen. Diese Steine waren über und über mit merkwürdigen Zeichen verziert, die tief in die Steine eingeritzt waren.

„Diese Zeichen nennt man Runen. Sie sollen die Schrift der Wikinger gewesen sein. Leider kann niemand sie entziffern. Aber sagen Sie, Margaretha, ist das nicht eindrucksvoll?"

Ja, das war es in der Tat. Tief beeindruckt standen sie vor den grauen Riesen. Sie überlegten, was die Wikinger da wohl an Nachrichten hinterlassen hatten und ob je jemand in der Lage sein würde, diese Inschriften zu entziffern.

Nachdem sie eine ganze Weile dort gestanden und gefachsimpelt hatten, bat Claudius sie, noch einige Meter weiter zugehen. Margaretha stieß dabei mit dem Fuß gegen einen spitzen Stein. Sie bückte sich, um ihn genauer zu betrachten. Merkwürdig sah er aus. Fast wie eine Pfeilspitze. Sie machte Claudius auf ihren Fund aufmerksam.

„Ja, das ist eindeutig eine Pfeilspitze. Die stammt ganz sicher aus der Steinzeit."

„Wie die wohl hierher gekommen ist? Ob in der Steinzeit auch schon Menschen hier gesiedelt haben?"

Margaretha wollte die Pfeilspitze mitnehmen, überlegte es sich aber anders und meinte lächelnd: „Wenn die schon so lange hier gelegen hat und ich sie zufällig gefunden habe, lasse ich sie für die nächste Person, der es auch so gehen wird, liegen."

Gut sichtbar drapierte sie die Pfeilspitze vor dem riesigen Stein mit den seltsamen Schriftzeichen. Lächelnd über ihre Eingebung folgte sie Claudius, der schon einige Schritte vorausgegangen war, und unversehens tat sich eine Wasserebene vor ihnen auf.

Das Wasser des Noors schwappte leicht durch das Schilf an den Uferrand. Rundum war ein dichtes Meer aus den Schilfhalmen. Enten schwammen darauf und ein Graureiher schwebte mit seinem majestätischen Flug über die Landschaft. Kein Mensch war zu sehen, kein Laut zu hören. Von hier hatten sie einen wunderschönen freien Blick nach links und rechts über die Schlei.

So weit das Auge reichte – Wasser.

Zur linken Seite befand sich Schleswig. Die Stadt lag zum Greifen nah vor ihnen. Die Spitzen des Domes ragten nicht weit von hier in die Höhe und Margaretha meinte, von hier aus müsste man in wenigen Minuten in die Stadt gelangen.

„Wenn wir ein Boot hätten, mag das wohl sein, aber schauen Sie sich dieses schilfige Ufer einmal an. Hier ist doch kein Durchkommen", entgegnete Claudius.

„Da frage ich mich nur, wie hier Menschen leben konnten. Und vor allem, wie es ihnen gelungen sein mag, diese riesigen Steine hierher zu bringen. Was für eine beachtliche Leistung", staunte Margaretha und er stimmte ihr zu.

Nachdem sie sich satt gesehen hatte, mahnte Claudius zum Rückweg. Er legte einen Arm auf ihre Schulter.

„Margaretha, gerne würde ich den ganzen Tag mit Ihnen hier oder anderswo verbringen. Ich fühle mich sehr wohl in Ihrer

Gegenwart. Aber ihre Großeltern werden wohl keinen Ausflug mehr erlauben, wenn ich sie heute zu spät heimbringe."

Dabei schaute er ihr tief in die Augen. Er reichte ihr die Hand, die Margaretha aber ignorierte. Sie dachte daran, wie sie mit Louise über seine blauen Augen geschwärmt hatte. Aber jetzt gefielen ihr diese Augen nicht.

Dieser tiefe Blick gerade, hatte sie verunsichert.

Mit einem Mal fühlte sie sich hier in der Einöde unwohl, und das führte sie ausschließlich auf die merkwürdige Stimmung zurück, die durch Claudius Äußerung, seinen Arm auf ihrer Schulter und seinen Blick entstanden war. Jetzt wollte sie auch zurück und zwar schnellstmöglich.

Sie drehte sich um und mit einem knappen „Wir müssen jetzt los", spazierte sie mit eiligen Schritten voran.

Claudius war verwirrt, folgte ihr aber umgehend. Er war sich keiner Schuld bewusst. Hatte er doch nur ein Kompliment machen wollen.

Schweigend und zügig marschierten sie zu dem Pferdegespann zurück. Durch den schnellen Marsch waren beide verschwitzt. Margaretha war durstig und griff sich die mitgenommene Wasserflasche. Gierig trank sie. Claudius hatte sich den Bierkrug genommen. Auch er trank in großen Zügen. Gleichzeitig stellten sie die Gefäße in die Kutsche zurück.

Noch immer hatten sie kein Wort miteinander gesprochen.

Als Claudius ihr die Hand reichte, um ihr beim Einsteigen behilflich zu sein, beachtete sie seine Geste nicht und stieg auf. Sie schaute ihn nicht an. Auch nicht, als er fragte, was er falsch gemacht habe. Sie wusste nicht, was sie ihm antworten sollte. Aber er ließ nicht locker und meinte, dass er die Pferde nicht eher anfahren ließ, ehe er eine Antwort erhalten hätte.

Und mit einem Mal kam sie sich albern vor. Er hatte ja wirklich nichts Verwerfliches getan. So erklärte sie ihm, dass wohl alles ein bisschen viel für sie gewesen sei und er doch bitte losfahren möge, weil sie jetzt nach Hause wolle.

Er legte sanft seine Hand auf ihren Arm. „Ich wollte sie nicht verletzen, Margaretha. Ich wollte ihnen nur mitteilen, wie wohl ich mich in ihrer Gesellschaft fühle. Selbstverständlich fahre ich sie jetzt sofort zurück, aber bitte lassen sie uns diesen angenehmen Tag nicht durch negative Gedanken beenden. Es war doch alles so schön."

Margaretha gab ihm Recht und es dauerte nicht lange, bis sie wieder ins Gespräch kamen. Sie entspannte sich zusehends, als Claudius von seinem Elternhaus erzählte. Wie prächtig der Blumengarten seiner Mutter aussah, wie wichtig seinem Vater die Meinung anderer Leute immer gewesen war und wie gut sein Verhältnis zu seinen Geschwistern ist. Das alles brachte Margaretha schnell wieder dazu, ihm gebannt zuzuhören und sie fragte sich, was sie vorhin eigentlich geritten hatte.

Claudius ist doch wirklich nett, dachte sie. Und seinen Erzählungen lauschte sie tatsächlich gerne. Was war denn nur vorhin mit ihr los gewesen?

Hatte sich ihre Stimmung so schnell geändert, nur weil er sie berührt hatte?

Das war doch eigentlich gar nicht so dramatisch gewesen?

Vermutlich hatte es sie nur erschreckt, weil sie nicht mit einer Berührung gerechnet hatte.

Sie war wieder sehr in Gedanken versunken, genoss aber, wie die beiden Friesen die Kutsche im gemächlichen Trab über die Wege zogen. Ihre langen schwarzen Mähnen wippten fast im Takt auf und nieder.

Wo auch immer ihnen auf der Fahrt Menschen begegneten, blieben diese staunend stehen und sahen dem besonderen Pferdegespann hinterher.

Margarethas Gedanken schweiften zu Louise. Mit ihr hätte sie sich jetzt zu gerne unterhalten und darüber ausgetauscht, was sie heute alles erlebt hatte. Auch über Claudius hätte sie jetzt zu gerne mit ihr geredet. Aber Louise würde ja bald wieder da sein. Und gleich heute Abend würde sie sich hinsetzen und einen langen Brief an ihre Freundin schreiben. Sie fehlte ihr so sehr.

Sie waren jetzt schon fast zu Hause, als Claudius wissen wollte: „Margaretha, ich möchte noch einmal sagen, wie gut mir dieser Ausflug mit ihnen gefallen hat. Hätten Sie Lust darauf, mich in der nächsten Woche noch einmal zu begleiten? Ich bin dann sowieso wieder in der Gegend und vielleicht könnten wir dann eine kleine Bahnfahrt machen. Was halten Sie davon? Ich würde selbstverständlich noch alles mit Ihren Großeltern besprechen."

Margaretha war perplex. Eine Fahrt mit der Eisenbahn. Das wäre zu schön. Aber irgendwie konnte sie sich zu keiner eindeutigen Antwort durchringen. Irgendetwas ließ sie zögern.

„Claudius, seien Sie mir bitte nicht böse. Ich freue mich riesig über diese wunderschöne Idee von Ihnen, aber im Augenblick möchte ich nicht zusagen. Ich möchte erst einmal den heutigen Ausflug überdenken", antwortete sie ihm darum.

Er bedauerte ihre Antwort, zeigte sich aber verständnisvoll und meinte ganz locker, dass es genügen würde, wenn sie ihrem Großvater eine hoffentlich andere Entscheidung mitteilen würde, weil er den in den nächsten Tagen in Schleswig wegen geschäftlicher Dinge treffen würde.

Dass ihr Großvater wieder nach Schleswig wollte, überraschte Margaretha, weil er nichts davon erwähnt hatte. Allerdings brauchte sie sich im Moment nicht den Kopf darüber zu zerbrechen, denn in diesem Augenblick bogen sie auf die Hofeinfahrt ein. Von einem laut bellenden und vor Freude jaulenden Greif begrüßt.

Es war inzwischen später Nachmittag geworden und Claudius bat den herbeieilenden Knecht darum, die Pferde zügig mit Wasser und Futter zu versorgen. Er wollte nur noch kurz mit den Großeltern sprechen und sich dann wieder auf den Weg machen. Er hatte noch Termine in Geschäftsangelegenheiten zu erledigen, erklärte er Margaretha, deren Großmutter eilig auf sie zukam.

„Kind, ich habe mir schon Sorgen gemacht, weil ihr so lange unterwegs wart. Ist alles in Ordnung, hattet ihr einen schönen und interessanten Tag?", wollte sie wissen und nahm Margaretha herzlich in die Arme.

„Ja, Großmutter, es war ein herrlicher Tag. Ich erzähle dir gleich alles. Du glaubst ja gar nicht, wie beeindruckend die Eisenbahn gewesen ist. Und auch sonst habe ich eine ganze Menge zu erzählen. Aber Herr Martens hat nur noch wenig Zeit. Er wollte sich nach einem kurzen Plausch mit euch gleich wieder verabschieden. Wo ist denn Großvater?", sprudelte es aus Margaretha heraus.

„Großvater sitzt in der guten Stube. Stell dir vor, Margaretha, Herr Egg sitzt in seinem besten Anzug bei ihm. Er hat um deine Hand angehalten", bekam sie zu hören.

Margaretha liefen heiße Schauer den Rücken herunter. Das durfte doch nicht wahr sein. Dieser unangenehme Kerl besaß die Frechheit, um ihre Hand anzuhalten. Sie glaubte, platzen zu müssen und stürmte an der Großmutter, die noch versuchte sie am Arm festzuhalten, vorbei ins Haus.

Ungestüm riss sie die Zimmertür auf und stampfte wütend in den Raum.

„Margaretha, wie schön, dass du zurück bist. Was ist denn mit dir los? Du siehst ganz durcheinander aus", fragte der Großvater, der mit Hein Egg Pfeife rauchend am Tisch saß und scheinbar gemütlich Kaffee trank.

„Ich habe gerade gehört, dass Herr Egg um meine Hand angehalten hat. Stimmt das?"

„Nun, Margaretha, zunächst erinnere ich mich nicht, dich so erzogen zu haben, dass du einen Gast nicht begrüßt. Und zum anderen, ja wir sind gerade im Gespräch."

Ein Klopfen unterbrach. Martens schaute herein und fragte, ob er stören würde. Er wolle gleich aufbrechen, aber zuvor noch die Erlaubnis einholen, Margaretha demnächst wieder zu einem Ausflug abholen zu dürfen.

„Das kommt wohl nicht in Frage, junger Mann. Da hätte ich ja wohl noch ein Wort mitzureden", ereiferte sich der aufspringende Hein Egg mit lauter Stimme.

Empört sah Margaretha ihn an. Verdutzt schaute Martens von einem zum anderen.

Die Luft war zum Bersten geladen.

Es war der Großvater, der aufstand und das Wort ergriff.

„Herr Martens, wir können uns gleich in Ruhe unterhalten. Erlauben sie mir nur, meinen Gast zu verabschieden."

Und an Egg gewandt: „In meinem Haus erhebt außer mir niemand die Stimme. Außerdem haben Sie kein Recht, sich in ein Gespräch einzumischen, geschweige denn, in irgendeiner Weise über meine Enkelin zu bestimmen oder zu entscheiden. Was ich Ihnen zu sagen hatte, habe ich ihnen heute bereits mehrfach gesagt. Jetzt bitte ich sie, umgehend zu gehen."

Damit reichte er die Hand, um mit Nachdruck deutlich zu machen, dass der Gast verabschiedet war.

„Aber das letzte Wort ist in dieser Angelegenheit noch nicht gesprochen, Norges. Das letzte Wort noch nicht", plusterte Egg sich noch einmal auf.

Mit puterrotem Kopf nickte er Margaretha zu, verabschiedete sich mit einer knappen Verbeugung von der Großmutter, die blass in der Zimmertür stand, und stolzierte wie ein Sieger von dannen.

„Was war denn das? Was für einen Ton erdreistet sich dieser Hein Egg. Hannes, was war gerade los?", wollte sie wissen.

Ihr Mann fing plötzlich laut an zu lachen und schlug sich vor Vergnügen auf die Schenkel. Als er die verwirrten Gesichter sah, meinte er:

„Zunächst muss ich mich bei dir, Margaretha und auch bei ihnen, Herr Martens entschuldigen. Nach meinem Gefühl seid ihr zu früh zurückgekommen. Eine Stunde hätte ich mir dieses Vergnügen sicher noch gegönnt. Was für ein interessanter Nachmittag das war. Ihr glaubt es nicht. So viel Spaß hatte ich schon lange nicht mehr. Der gute Egg hat doch tatsächlich geglaubt, dass er unsere Margaretha heiraten kann. Wie der gefeilscht hat entbehrt jeder guten Umgangsform."

Die Erleichterung, die Margaretha bei diesen Worten empfand, hätte nicht größer sein können.

„Setzen Sie sich doch, Martens, stehen Sie nicht herum wie angewachsen. Ein wenig Zeit werden Sie wohl noch haben. Ist noch Kaffee da, Lisette?" Seine Frau nickte und er meinte: „Bei einer guten Tasse Kaffee spricht es sich doch gleich angenehmer, was Martens? Und einen Schnaps dazu? Ich könnte jedenfalls einen gebrauchen. Margaretha, Kind, sei so gut und hole die Flasche."

Nachdem sich alle am Tisch niedergelassen hatten, berichtete der Großvater in Kurzform von Hein Eggs Aufwartung.

Er meinte, da Martens sich gleich verabschieden wolle, müsste ein kurzer Abriss des Geschehenen genügen. Außerdem wollte er von Martens noch einen kurzen Bericht über die Ausflugsfahrt hören.

Nachdem die Neuigkeiten, nicht ohne eine Menge Lacher auf allen Seiten, ausgetauscht waren, meinte Martens mutig:

„Im Grunde kann ich Herrn Egg natürlich verstehen, dass er um Margarethas Hand angehalten hat. Sie ist eine wunderhübsche intelligente junge Frau und im heiratsfähigen Alter. Auch ich mag sie sehr gerne. Wir verstehen uns gut und ich kann mich hervorragend mit ihr unterhalten. Aber wenn ich Sie richtig verstanden habe, Herr Norges, ist der Herr doch wohl nur auf die Mitgift für Margaretha aus. Das sähe bei mir natürlich völlig anders aus, da ich wohlhabend genug bin und mir meine Frau nicht nach diesen Maßstäben aussuchen müsste. Nun, wie dem auch sei. Ich muss mich leider auf den Weg machen, um noch vor Dunkelheit in Eckernförde anzukommen. Aber ich möchte gerne von Ihnen beiden" und er lächelte die beiden Alten freundlich an, „noch die Erlaubnis einholen, ihre Enkelin demnächst wieder einmal zu einer kleinen Ausflugsfahrt abzuholen."

Gerne gaben sie ihm ihr Einverständnis. Der genaue Tag und die Uhrzeit sollten dann kurzfristig mitgeteilt werden.

Nach einer freundlichen, sogar herzlichen Verabschiedung fuhr Martens vom Hof, und der Großvater meinte:

„So, jetzt kehrt erst einmal wieder Ruhe ein. Margaretha, Lisette, lasst uns doch nach dem Abendessen alle Neuigkeiten ausführlich austauschen. Ich kümmere mich bis dahin noch um die Tiere. Außerdem habe ich mit Franz noch einige Dinge für Morgen zu klären. Ich habe gesehen, dass er schon am Nachmittag nach Hause gekommen ist. Hat wohl kein Geld mehr für die Wirtschaft. Tja, seine anstehende Hochzeit liegt ihm wohl sehr am Herzen."

Nachdem sie sich am Abend alle Neuigkeiten erzählt hatten, und Margaretha einen langen, langen Brief an Louise geschrieben hatte, kam sie endlich wieder zur Ruhe. So aufwühlend war der Tag gewesen. Die Geschichte mit Hein Egg beschäftigte sie aber doch mehr, als sie anfangs glaubte.

Was dachte dieser ungehobelte Mensch sich nur, einfach so bei den Großeltern aufzutauchen und beinahe Besitzansprüche an sie zu stellen?

Sie legte sich schlafen, versuchte an Louise zu denken und schweifte doch immer wieder ab.

*

Der folgende Morgen begrüßte sie mit dicken Nebelschwaden. Grau und trüb sah es aus, als sie zum Fenster hinaus schaute. Ihre Stimmung wurde dadurch auch nicht aufgehellt. Na, das konnte ja ein trauriger Tag werden.

In der Küche angekommen, staunte sie, dass sich nur ihre Großmutter im Raum befand. Sie stupste Margarete leicht gegen die Schulter.

„Na, meine Kleine, du hast heute Morgen ja lange geschlafen. Die Männer sind schon lange an der Arbeit. Aber komm, ich habe dir ein schönes Frühstück vorbereitet", sie zeigte auf den Tisch, auf dem neben duftendem Kaffee Brot, Butter, Honig und Schinken auch ein frischer Strauß Wildblumen in Margarethas blauer Lieblingsvase stand.

„Die hat Großvater ganz früh für uns gepflückt. Sind die nicht schön? Ich frage mich, wo er die Margeriten gefunden hat. Im Garten blühen gar keine mehr. Ach ja, er lässt ausrichten, dass er das Federvieh schon selbst versorgt hat und du dich heute gründlich ausruhen sollst."

Sie nahm ihre Enkelin am Arm und setzte sich mit ihr an den Tisch. Einen Becher Kaffee wollte sie „wegen der Gemütlichkeit" mittrinken.

Margaretha war sehr erstaunt, die Zeit verschlafen zu haben. Das passierte ihr wirklich ausgesprochen selten einmal.

Vermutlich hatten sie die gestrigen Aufregungen doch sehr erschöpft. Sie fühlte sich jetzt noch ganz zerschlagen. Aber nach dem Frühstück spürte sie die alte Energie zurückkommen.

Trotz des dichten Nebels wollte sie am heutigen Tag endlich wieder mit Sternenfee ausreiten. Das würde ihr sicher helfen, ihre Gedanken zu ordnen und den Kopf wieder frei zu machen.

Außerdem könnte sie im Dorf den Brief für Louise, den sie noch geschrieben hatte, abgeben.

Durch die dichten Nebelschwaden machte sie sich auf den Weg, ihre Sternenfee zur Hauskoppel zu holen. Greif sprang munter neben ihr her. Glücklicherweise stand ihr Pferd am Gatter, als hätte es gewusst, dass es gleich abgeholt werden würde. Margaretha öffnete das Tor und ließ ihr Pferd heraus.
Wie selbstverständlich folgte das große Tier ihr bis zum Hof. Kein Halfter wurde benötigt.
Diese Vertrautheit mit ihrem Pferd genoss Margaretha jedes Mal aufs Neue.
Der Hund begleitete sie und wollte gar nicht von ihrer Seite weichen. Schnell hatte sie dann das Pferd gesattelt und das Zaumzeug angelegt. Den Brief hatte sie sich in den Ärmel ihrer leichten Leinenjacke geschoben. Schon saß sie auf und ließ ihr Pferd im Schritt hinein in die graue Nebelwand gehen. Greif wollte mit, und sie musste ihn einige Male zurückschicken. Merkwürdig verhielt er sich heute früh. Sonst war er doch immer in Großvaters Nähe. Na ja, vielleicht wollte er auch einmal etwas anderes erleben.
Margaretha fiel ganz plötzlich ein, dass sie ja in wenigen Tagen das neue Zaumzeug für Sternenfee erhalten sollte. Ihr Herz machte kleine Freudenhüpfer. Sie freute sich schon riesig darauf und malte sich aus, wie prächtig ihr Pferd damit aussehen würde.
Durch den dichten Nebel war immer noch nicht durchzusehen. Geräusche aus der Ferne klangen ganz nah. Unwirklich erschien ihr die Umgebung und wenn sie sich nicht so ausgekannt hätte, hätte sie wohl nicht gewusst, wo sie sich gerade befand.
Doch auch auf Sternenfee konnte sie sich verlassen. Wäre irgendetwas nicht in Ordnung gewesen, hätte sie das am Verhalten ihres Pferdes sicher bemerkt. So ließ sie ihren Gedanken freien Lauf.

Hoffentlich würde Louise ihr schnell zurückschreiben. Noch besser wäre, wenn ihre Freundin endlich wieder zu Besuch kommen würde. Sie vermisste sie so sehr. So gerne hätte sie Louise in ihrer Nähe. So gerne würde sie alles, was sie gerade bewegte, mit ihr teilen. Ihre Meinung hören, einen Rat von ihr bekommen.

Sie war sehr in ihre Gedanken vertieft, als Sternenfee plötzlich laut wiehernd stehen blieb und den Kopf hochriss.

Jäh rief eine bekannte Stimme: „Ach, guten Morgen Margaretha. Schon so früh unterwegs? Wir hatten gestern ja nicht mehr das Vergnügen, uns zu unterhalten."

Die Worte wurden ihr förmlich entgegengespuckt. Vor Schreck war Margaretha ganz blass geworden. Ihr Pferd tänzelte nervös rückwärts und wenn sie die Zügel nicht angezogen hätte, wäre es sicher umgekehrt.

Hein Egg. Das durfte doch nicht wahr sein.

In diesem dichten Nebel wirkte er noch unangenehmer, als bei klarer Sicht.

Er geiferte schon weiter: „Glaub nur nicht, dass das letzte Wort schon gesprochen ist. Ich lasse mich doch von euch im Dorf nicht zum Narren machen. Ich habe um deine Hand angehalten und ich werde dich heiraten. Ob es dir gefällt oder nicht. Brauchst gar nicht so hochnäsig zu tun. Mit deinem Großvater bin ich schon einig geworden. Und jetzt bin ich auf dem Weg zu ihm, um letzte Kleinigkeiten zu vereinbaren. Es geht ja auch noch um deine Mitgift. Da waren wir uns noch gar nicht einig geworden."

Und damit ging er einfach weiter.

Margaretha hatte gar keine Gelegenheit gefunden, ihm zu antworten. Ihr war übel. Sie stieg vom Pferd und übergab sich am Wegesrand. Ihre Beine zitterten. Vor Schreck, aber auch, weil seine Worte sie bis ins Mark getroffen hatten. So stand sie eine

Weile an den Flanken ihres Pferdes, das nervös schnaubte und durch die Nüstern prustete. Wäre nur Greif noch an ihrer Seite gewesen. Wie viel sicherer hätte sie sich durch ihn gefühlt. Vielleicht hatte der treue Hund ja geahnt, dass sie ihn heute zu ihrem Schutz gebraucht hätte.

Sie stieg wieder auf. Am liebsten wäre sie im schnellen Galopp davon geprescht. Aber der Nebel war immer noch zu dicht und das Risiko, dass ihr Pferd über etwas stolpern könnte, war zu groß. So ging es im Schritt weiter, Richtung Dorf.

Bei Gosch angekommen, band sie ihr Pferd an, ging in den Laden um den Brief abzugeben und fing hemmungslos an zu weinen.

Aufgeregt sprang Herr Gosch hinter dem Tresen vor und fragte, was denn passiert sei.

„Margaretha, was ist geschehen? Hast du dir wehgetan? Komm schnell mit in die Küche, da kann meine Frau sich gleich um dich kümmern. Erna, komm doch mal schnell. Irgendetwas ist mit Margaretha."

Er schob sie vor sich her um den Verkaufstresen herum durch die schmale Durchgangstür zur Küche. Seine Frau kam ihm schon in heller Aufregung mit ihrem tief gebeugten Rücken entgegen.

„Kind, was ist denn los? Was ist passiert?"

Voller Teilnahme sah sie Margaretha fragend an.

„Bist du vom Pferd gefallen? Aber das kann ja wohl nicht sein. Deine Sternenfee steht ja ganz ruhig vor dem Laden. Nun sprich doch, Kind. Wie können wir dir helfen?"

Dass Margaretha gar keine Möglichkeit hatte zu antworten, weil beide unentwegt auf sie einredeten, bemerkten die freundlichen Menschen gar nicht.

Fast war ihr die Situation peinlich, weil sie bemerkte, wie bestürzt die beiden waren.

Ihre Tränen waren bereits versiegt. Und jetzt kam sie auch zu Wort und berichtete, was ihr mit Hein Egg widerfahren war.

Die Empörung von Gosch und seiner Frau fand keine Grenzen. Herr Gosch wollte Margaretha sogar nach Hause begleiten, um mit den Großeltern zu reden. Allerdings meinte seine Frau, dass das wohl ein bisschen zu weit gehen würde.

„Da darf man sich nicht zu sehr einmischen. Beides sind unsere Kunden. Und ich bin sicher, dass Norges das schon vernünftig regeln wird", meinte sie diplomatisch zu ihrem Mann.

Allmählich beruhigten sich die erhitzten Gemüter wieder. Frau Gosch streichelte Margaretha fürsorglich über die Wangen und reichte ihr einen Becher Kaffee.

„Wird schon wieder, mein Kind. Wird schon wieder. Verlass dich ruhig auf deinen Großvater. Er wird schon die richtige Entscheidung treffen. Ach, Margaretha, fast hätte ich es vergessen, gestern ist ein Brief von Louise für dich angekommen."

Für Margaretha war es, als würde die Sonne aufgehen.

Ein Brief von Louise.

Gleich ging es ihr besser. Am liebsten hätte sie ihn sofort geöffnet und die Worte ihrer Freundin verschlungen.

Nachdem sie sich für die Fürsorge bei Gosch bedankt hatte, machte sie sich auf den Heimweg. Allerdings nahm sie einen anderen Weg zurück um Hein Egg nicht noch einmal zu begegnen.

Der Nebel hatte sich ein wenig gelichtet. Ab und an schien die Sonne durch den Dunst. So ritt sie über einen schmalen Feldweg nach Hause.

Sie sattelte Sternenfee ab, rieb ihr Pferd trocken und brachte es zur Koppel zurück um sich dann mit pochendem, leicht ängstlichem Herz zum Haus zu begeben. Hoffentlich war dieser unangenehme Egg nicht mehr da.

In der Küche saßen ihre Großeltern. An deren geröteten Gesichtern konnte Margaretha ablesen, dass etwas vorgefallen war.

Und auf ihre Nachfrage erhielt sie den Bericht, dass Egg sich gerade aufgeführt hätte, als sei er der Herr im Haus und vom Großvater des Hofes verwiesen worden war.

Jetzt erzählte Margaretha von dem Vorfall, der sie so sehr geängstigt hatte. Ihre Großeltern waren entrüstet.

„Was bildet sich dieser ungehobelte Mensch nur ein. Dich so zu erschrecken. Hier aufzutauchen, als hätte er hier irgendetwas zu melden. Der soll sich nur nicht mehr sehen lassen. Wenn er hier noch einmal auftaucht, garantiere ich für nichts", ereiferte sich der Alte und schlug dabei mehrmals mit der Faust auf den Tisch.

Die Großmutter mit ihrer ruhigen Art beschwichtigte ihren Mann.

„Hannes, du hast ja Recht. Auch ich möchte diesen Menschen nicht mehr im Haus haben. Aber lass jetzt gut sein. Versündige dich nicht mit bösen Gedanken. Du hast ihm klipp und klar gesagt, dass er Margaretha niemals zur Frau bekommt und damit muss genug sein."

Langsam kehrte die Ruhe in die erhitzten Gemüter zurück. Bei Kaffee und einer dicken Scheibe Käsebrot besprachen sie die Vorkommnisse jetzt in aller Besonnenheit.

Sie hatten sich in den behaglichen Garten gesetzt, denn inzwischen schien die Sonne leuchtend hell vom Himmel.

Allerdings meinten die Großeltern, dass es für Margaretha doch wohl allmählich an der Zeit sei, über einen Ehemann nachzudenken. Sie erklärten ihr, dass sie beide schon alt seien und die Bürde, ihre Enkelin nicht versorgt zu wissen, würde sie manchmal ängstigen und ihnen häufig den Schlaf rauben.

Sie bestätigten aber noch einmal, sie zu keiner Heirat zwingen zu wollen.

„Du darfst dich auf unser Wort verlassen, Kind", meinte der Großvater. „Aber bitte verstehe auch unsere Sorge um dich. Wenn ich mir nur vorstelle, dass dieser Egg hier aufgetaucht wäre, wenn wir nicht mehr leben würden, frage ich mich, wie du dich alleine gegen ihn hättest wehren können."

Auch die Großmutter teilte ihr genau diese Sorge mit und fragte noch, was mit Herrn Martens, diesem ausgesucht höflichen und zuvorkommenden Mann, sei. Der würde doch wunderbar zu Margaretha passen. Und viel Spaß hätten die beiden doch auch miteinander.

Margaretha saß zwischen den beiden Alten und fühlte sich einerseits durch deren Nähe wohl, anderseits aber wegen des Gespräches auch ein wenig unwohl.

Heiraten.

Mit Abscheu dachte sie noch einmal an Egg, der nicht einmal ein Empfinden dafür hatte, einen gebührenden Abstand zu Menschen zu halten. Immer kam er ganz nah an alle heran und starrte ihnen in die Augen.

Dann schweiften ihre Gedanken zu Thomas. Wie hatte sie doch für ihn geschwärmt. Aber das war Vergangenheit. Kinderschwärmerei.

Nun, und dann gab es ja auch tatsächlich Claudius Marten.

Der gefiel ihr eigentlich ganz gut.

Eigentlich.

Aber eine Ehe mit ihm eingehen? Sollten dafür nicht ganz andere Gefühle da sein? Wie soll sich denn Liebe anfühlen? Wer könnte ihr das erzählen. Die Großeltern wollte sie mit ihren Gedanken nicht behelligen.

Sie hatte geglaubt, mit einer Hochzeit noch unendlich viel Zeit zu haben.

Und jetzt schien es so dringend zu sein.

Schon wieder etwas, das unbedingt mit Louise durchdiskutiert werden müsste.

Der Brief – der Brief, den sie von Louise bekommen hatte war ja noch gar nicht gelesen.

Sie versicherte ihren Großeltern sehr ernsthaft über das Problem mit einer Heirat nachzudenken, erklärte aber, dass sie durch die vorhergegangenen Ereignisse so sehr durcheinander war, dass sie erst einmal über alles nachdenken und zuvor den erhaltenen Brief lesen müsste.

Damit sprang sie auf und stieg die Treppe zu ihrer gemütlichen Kammer hinauf.

Sie legte sich auf ihr Bett, nahm den Brief und begann zu lesen. Auch Louise hatte so einiges erlebt in Kiel. Und - auch deren Eltern drängten plötzlich auf eine Hochzeit, weil sie meinten, es sei jetzt an der Zeit und Louise würde schließlich nicht jünger werden. Ihre Freundin beklagte sich in dem Brief darüber, und erwähnte, dass sie sich mit aller Energie dagegen zur Wehr setzen würde, weil sie beschlossen hatte, überhaupt keine Ehe einzugehen.

Das fand Margaretha beeindruckend. Auf die Idee, sich einer Heirat ganz und gar zu widersetzen, wäre sie gar nicht gekommen. Sie wollte ja auch heiraten. Das gehörte sich doch auch. Und wer hatte denn nun Recht, die Großeltern mit ihrer Sorge oder Louise, mit ihrem starken Willen.

Was sprach denn grundsätzlich gegen eine Ehe?

Eine Frau war doch versorgt und abgesichert, wenn sie heiraten würde. Und Kinder?

Sie wollte doch auch Kinder. Wie war das eigentlich bei Louise? Hatte sie ihre Freundin je gefragt, wie es bei ihr mit Kindern aussieht?

Ach, es wurde Zeit, dass Louise kommt. So viel gab es zu besprechen.

Sie las weiter und stieß einen Jubelschrei aus. Sie las den Satz noch einmal und jubelte wieder.

Louise würde schon in einer Woche kommen.

Leichtfüßig lief sie die Treppe hinunter um den Großeltern diese freudige Nachricht zu übermitteln. Sie tanzte vor Vergnügen fast durch die Küche, wo die beiden in ernstem Gespräch versunken saßen. Natürlich teilten sie die Freude ihrer Enkelin.

„Na, dann werde ich wohl zu Louises Ankunft einige Hühner schlachten und knusprig braten", schmunzelte die Großmutter.

„Ach, übrigens, Margaretha", meinte der Großvater mit freundlichem Lächeln. „Vorhin kam ein Bote und brachte die Nachricht, dass morgen das Zaumzeug und der Sattel für deine Sternenfee geliefert werden. Am frühen Nachmittag soll es soweit sein. Bring doch Sternenfee schon am Vormittag auf die Hauskoppel. Man weiß ja nicht, wie pünktlich der gute Mann hier erscheinen wird. Und so können wir am schnellsten sehen, ob alles gut passt."

Jetzt brach erneut Jubel aus Margaretha heraus. Sie herzte ihre Großeltern immer und immer wieder und wusste vor lauter Freude gar nicht ein noch aus.

Was für ein Tag!

So viele positive Nachrichten. Das drängte die unangenehmen Erlebnisse mit Hein Egg weit in den Schatten.

Sie hatte es eilig um zu ihrer Sternenfee zu kommen. Sie sprang über die noch feuchten Wege, quer über die Weiden, die zwischen Hof und Koppel lagen und rannte die letzten Meter bis zur Pferdekoppel in rasantem Tempo. Außer Atem lehnte sie sich ans Gatter. Erst einmal tief durchatmen.

Ihr Pferd stand auf der linken Seite unter einem großen Holunderstrauch und döste. Mit entspannt hängendem Kopf, das linke Bein leicht angewinkelt, stand es dort in völliger Entspannung. Auf Margarethas Rufen kam es aber sofort. Sie streichelte ihr Pferd ausgiebig und erzählte ihm die Neuigkeiten. Dann öffnete sie das Gatter, ließ das große Pferd heraus, schwang sich auf dessen Rücken und machte sich auf den Rückweg.

Sie stellte sich bildlich vor, wie wunderhübsch das neue Geschirr und der Sattel an ihrer Sternenfee aussehen würden und strahlte bei dieser Vorstellung über das ganze Gesicht.

Kurz vor dem Hof begegnete ihr Franz, der Stallbursche und sie fragte ihn, wann denn seine Hochzeit stattfinden würde und ob der Großvater ihm inzwischen mehr Lohn zugesichert hätte.

Hochzeit. Gab es denn im Augenblick nichts anderes als Hochzeiten?

„Ach Margaretha", meinte Franz schwer seufzend. „So einfach ist das ja nun nicht immer. Meine baldige bessere Hälfte macht es mir nicht so leicht. Sie meint ja man immer, dass ich es wohl erst mal zum Knecht bringen muss, bevor sie ja sagt. Stallbursche ist ihr nicht gut genug. Dabei ist sie doch auch nur Melkdeern und ich mach doch die Arbeit, auf die ich mich am besten verstehe. Und Knecht möchte ich wohl gar nicht sein. So viel Arbeit ist dann doch nichts für mich. Ja, also, was ich sagen wollte ist: Es hat wohl noch ein bisschen Zeit mit der Hochzeit."

Dabei strich er sich mit den Händen hilflos über die Haare.

Margaretha lächelte ihn freundlich an und meinte: „Lass den Kopf nicht hängen Franz. Das wird schon noch. Heiraten ist ja auch nicht so einfach. Du, mach bitte nachher die große Box im Stall für Sternenfee sauber. Morgen bekommt sie ihr neues Geschirr, und ich möchte sie heute Abend in den Stall bringen und putzen. Machst du das bitte gleich, wenn du zurück bist?"

Franz nickte ein Ja und marschierte munter weiter. Sie mochte Franz sehr gerne. Seine etwas unbeholfene Art brachte sie immer wieder zum Schmunzeln.

Sternenfee brachte sie zunächst auf die Hauskoppel.

Am frühen Abend stellte Margaretha fest, dass er tatsächlich Wort gehalten hatte. Die große Pferdebox war bestens von ihm gereinigt und mit frischem Stroh ausgelegt worden. Das wollte sie nachher gleich dem Großvater erzählen, damit er Franz im guten Licht sah.

Sie striegelte ihr Pferd so lange, bis das schwarze Fell glänzte. Die lange Mähne flocht sie zu Zöpfen und selbst die langen Kötenbehänge kämmte sie ausgiebig. Fröhlich summte sie die ganze Zeit vor sich hin. Ihr Pferd genoss diese Behandlung, was es mit zufriedenem Schnauben und Prusten bekundete.

Endlich war Margaretha mit ihrem Werk zufrieden. Eine Extraration Hafer und einige Äpfel versüßten ihrem Pferd den Abend.

Hochzufrieden begab sie sich ins Haus und ging recht zeitig in ihr Zimmer, um noch einmal den Brief von Louise zu lesen.

*

Endlich kam der Sattler auf den Hof. Greif hatte ihn mit lautem Bellen angekündigt. Es war tatsächlich erst später Vormittag. Der Großvater war noch draußen auf den Feldern. Nur die Großmutter, Franz und Margaretha waren anwesend.

Mit vor Aufregung geröteten Wangen begrüßte Margaretha den Sattler. Auf seinem Wagen hatte er einige Gegenstände liegen, die noch durch grobe Decken verhüllt waren. Er zeigte mit seinen großen Händen darauf.

„Na, Margaretha, da sind Sie sicher neugierig, was?", fragte er mit einem breiten Grinsen im Gesicht.

„Noch nicht auspacken, Herr Meister", bat die Großmutter. „Wir warten noch, bis mein Mann vom Feld kommt. Derweil können sie eine gute Tasse Kaffee trinken. Es wird nicht mehr lange dauern."

So ging es erst einmal in die Küche. Margaretha holte indessen ihr Pferd aus der Box und striegelte noch einmal über das schon wieder verschmutzte Fell.

„Musstest du dich so im Stroh wälzen", fragte sie ihr Pferd, „jetzt kann ich dich noch einmal putzen, du Prachtstück."

Sie fühlte sich aufgeregt wie ein kleines Kind und hampelte ständig von einem Bein auf das andere, als wenn sie dadurch die Wartezeit verkürzen könnte.

Endlich sah sie die Männer zum Mittagsmahl herankommen. Erschöpft sahen sie von der Feldarbeit aus. Und sie registrierte zum ersten Mal, wie gebeugt ihr Großvater ging und wie alt er aussah.

Aber er strahlte so viel Lebendigkeit aus, als er seine Enkelin neben ihrem Pferd stehen sah, und winkte ihr so fröhlich entgegen, dass sie ihre Wahrnehmung gleich vergessen hatte.

„Na, das sieht so aus, als würdest du vor Ungeduld gleich platzen. Leute geht essen und sagt dem Sattler, er möge herauskommen. Ich esse später mit Margaretha."

Schließlich kannte er seine geliebte Enkelin lange genug um zu wissen, wie hippelig sie im Augenblick war.

Schon kamen die Großmutter und der Sattler aus der Küche geeilt. Nach kurzer Begrüßung und dem Austausch einiger Neuigkeiten bat der Großvater, die bestellten Arbeiten hervorzuholen.

Der Sattler ließ sich nicht lange bitten und entfernte feierlich die groben Decken vom Wagen.

Und da kam eine solche Pracht zum Vorschein, dass zunächst niemand etwas sagte.

Ehrfurchtsvoll bestaunten sie die meisterliche Handwerkskunst.

Der Sattler stand mit stolz geschwellter Brust und mehr als hochzufrieden neben dem Wagen und strahlte mit Margaretha um die Wette.

Pechschwarz der Sattel – über und über mit silbernen Nieten beschlagen.

Pechschwarz das Zaumzeug – auch hier ein Glitzern und Funkeln von all den Silbernieten.

„Das ist nicht zu glauben. Das ist das Schönste, das ich je gesehen habe", flüsterte Margaretha und lehnte sich ergriffen in die Arme der Großmutter. Tränen der Rührung flossen über ihre Wangen. Sie war überwältigt.

„Dann wollen wir mal sehen, wie der Sternenfee alles passt", lockerte der Sattler die Situation auf.

Franz, der dazugekommen war – er hatte etwas schneller gegessen, weil die Neugierde ihn nicht in der Küche hielt – meinte: „Das hat es wohl auf der ganzen Welt noch nicht gegeben. Da helfe ich aber sehr gerne beim Aufsatteln."

Und schon griff er auf den Wagen, um den Prachtsattel herab zu heben. Er marschierte stolz zum Pferd und legte ganz behutsam – das hätte man ihm gar nicht zugetraut – den Sattel auf.

Ein gehauchtes „Ooooh", war alles, was Margaretha sagen konnte. Und die Anderen schwiegen.

Der Anblick von dem riesigen schwarzen Pferd mit diesem Sattel war unbeschreiblich. Eine Königin stand dort mit hoch erhobenem Kopf, als ob sie wüsste, wie perfekt sie aussah.

Der Großvater löste sich aus seiner Spannung, ging zu Sternenfee und begutachtete den Sitz des Sattels. Nichts war daran auszusetzen. Er holte das Zaumzeug, legte es Margaretha in die Hände und meinte:

„Das willst du sicher selber anlegen, mein Kind."

Ganz langsam ging jetzt Margaretha zu ihrem Pferd und legte ihm das Zaumzeug an. Dann trat sie einige Schritte zurück. Das Halfter saß perfekt, das Genickstück passte hervorragend. Der Stirnriemen, die Kehlriemen und die Backenstücke mit ihren Silbernieten sahen sehr wertvoll aus.

Der Anblick ihres Pferdes verschlug ihr wieder die Sprache und die Tränen purzelten ihr vor Rührung und Freude so heftig über die Wangen, dass die Großeltern sie gemeinsam in die Arme nahmen.

Ergriffen von der Schönheit, die da vor ihnen stand, schwiegen sie eine ganze Weile.

Selbst Franz, sonst nie um irgendwelche Worte verlegen, sah mit großen Augen auf das Pferd. Und sogar der Sattler wischte verlegen eine Träne der Gefühlsseligkeit aus seinem Augenwinkel.

Jetzt war es Greif, der die Situation entspannte, weil er winselnd und jaulend abwechselnd um seine Menschen und das Pferd herum sprang. Dabei verdrehte er seinen Rücken, drehte sich im Kreis und hatte die Lacher auf seiner Seite.

„So, Margaretha, jetzt sitz auf und zeige uns diese ganze Herrlichkeit einmal im langsamen Schritt", schlug der Großvater vor.

Als wenn ihr Pferd wusste, um was es hier gerade ging, zeigte es Schrittabläufe mit so grazilen Bewegungen, die diesem gewaltigen Pferd gar nicht zuzutrauen waren.

Die Umstehenden applaudierten, sie konnten nicht anders.

Der Anblick dieser jungen zierlichen Frau mit den feuerroten Haaren, mit der derben Arbeitshose, die sie schon früh am Morgen angezogen hatte, auf dem pechschwarzen Pferd mit dem beeindruckendsten Sattelzeug, das es je gegeben hatte, war durch nichts zu vergleichen.

Stolz war Margaretha – so stolz.

Und überglücklich. Und den Großeltern so unendlich dankbar.

Der Sattel war so bequem wie noch keiner, auf dem sie bisher gesessen hatte. Das Leder der Zügel so weich und elastisch, wie sie es noch nie in der Hand hatte.

„Großvater, das musst du erleben. So etwas Schönes. Komm, setz dich doch mal auf Sternenfee. Ich halte sie am Zügel, das wird schon gut gehen", bat sie den Alten und blieb mit dem Pferd vor ihm stehen.

Und obwohl er seit Jahren auf keinem Pferd mehr gesessen hatte, stieg er in den Steigbügel und sprang sogleich lachend zurück.

„Kind, dein Pferd ist einfach zu hoch für mich. Da komme ich nicht mehr rauf."

Er drehte sich zu seinem Stallburschen um und winkte ihn heran.

„Franz, komm her und hilf mir hoch."

Seine Frau wollte ihm von diesem unsinnigen Unterfangen gerade abraten, als Margaretha am Ärmel ihres Kleides zupfte.

„Bitte, Großmutter. Lass ihn doch. Er freut sich doch so sehr mit uns. Ich halte Sternenfee schon, aber sie wird sowieso still stehen bleiben. Und ich möchte dieses Bild von den beiden so gerne für immer in meinem Gedächtnis bewahren. Wer weiß, ob Großvater jemals wieder aufs Pferd steigt", flüsterte sie der alten Frau ins Ohr.

Und schon saß der Alte oben und strahlte so sehr über das ganze Gesicht, dass den Umstehenden schon wieder die Tränen der Rührung in den Augen standen. Und das Pferd rührte sich kein bisschen. Es stand still, wie angewurzelt.

„Margaretha, was für eine Idee von dir. Jetzt verstehe ich wieder, was es für dich bedeutet, hier oben drauf zu sitzen. Und was für ein bequemer Sattel das ist. Sattler, ich muss schon sagen – eine hervorragende Arbeit! Ist jede Mark wert. Das Leder wunderbar gegerbt, die Nähte prächtig gearbeitet und nicht zu dicht am Rand. Da will ich auch nicht mehr über den Preis verhandeln."

Er ließ sich langsam vom Pferderücken gleiten und nahm seine Frauen in den Arm.

„Ich mache jetzt einen kleinen Ausritt, wenn ich darf. Ich möchte dieses wunderbare Geschenk in aller Ruhe für mich alleine genießen", meinte Margaretha.

Damit stieg sie auf und trabte mit erhobenem Kopf davon.

Die Großeltern sahen ihr bewegt hinterher, baten den Sattler ins Haus, um die Bezahlung zu erledigen, nochmals Lob auszusprechen und einen Schnaps auf dieses gelungene Geschäft zu trinken.

Lange war Margaretha unterwegs gewesen.

Voller Hochgenuss hatte sie diesen Ausritt mit dem unendlich bequemen Sattel genossen. Sie hatte bewusst die Wege gewählt, die sich vom Dorf abgelegen befanden. Sie wollte niemandem begegnen. Sie wollte allein sein.

Mit ihrem Pferd eins sein, die Natur genießen und sich an diesem Geschenk erfreuen. Und so begleitete ihr Ausritt nur der Gesang der Vögel, der Sonnenschein und die Ruhe rundum.

Im Schritt, im Trab und auch im Galopp war sie unterwegs gewesen. Jetzt kam sie müde, hungrig und hoch zufrieden auf dem Hof an.

Gleich fiel ihr die Kutsche auf dem Hof auf.

Claudius Martens war also da.

Sie freute sich auf ihn.

Und da stand er tatsächlich mit offenem Mund und großen Augen neben der Großmutter vor der Küchentür.

„Was für Anblick." War alles, was er zunächst sagte. Aber dann kam er mit gemächlichen Schritten auf sie zu.

„Das muss der Mensch gesehen haben. Wie einem Gemälde entsprungen. Prächtig dieser Sattel und das Zaumzeug. Margaretha, wunderschön sehen Sie aus. Aber das ist ja gar kein Damensattel", entfuhr es ihm erstaunt.

„Nein, das ist kein Damensattel und nebenbei bemerkt, sehe ich auch nicht ein, weshalb ich nicht genau so bequem reiten sollte wie ihr Männer", gab sie schnippisch zurück und ließ sich aus dem Sattel gleiten.

Na, das war ja eine Begrüßung. Steht der da und verdirbt ihr fast die gute Laune. Darauf konnte sie im Augenblick wirklich gut verzichten.

Martens entschuldigte sich aber gleich für seine Anmerkung und erklärte, dass er lediglich sein Erstaunen zum Ausdruck gebracht hätte. Dann fragte er, ob er Margaretha beim Absatteln helfen dürfte.

Nur weil sie völlig erschöpft war, nahm sie seine Hilfe an. So war ihr Pferd schnell abgesattelt und trockengerieben.

Die wertvolle Reitausrüstung trugen sie in die Sattelkammer, wo Franz schon eine Ecke freigeräumt hatte. Da hingen jetzt die neuen Teile und glänzten im Sonnenlicht, das durch das Stallfenster hereindrang. Margaretha strich noch einmal glücklich über alle Gegenstände.

Danach ließ sie Sternenfee, die still im Hof gewartet hatte, wie gewohnt ohne Halfter neben sich her zur Koppel laufen. Auch hierüber staunte Martens nicht schlecht.

„Da ist aber ein sehr großes Vertrauen zwischen Ihnen und Ihrem Pferd. Ich habe noch nie gesehen, dass ein solcher Riese einem Menschen wie ein Hund folgt", gab er anerkennend von sich, wodurch Margaretha sich innerlich mit ihm ausgesöhnt hatte.

Während das Pferd auf der Koppel wilde Begrüßungssprünge machte und mit den anderen um die Wette galoppierte, standen sie und Claudius noch eine Weile ans Gatter gelehnt und schauten den Tieren zu. Der Hunger veranlasste Margaretha dann aber doch, sich auf den Rückweg zu machen.

Eine große Scheibe Schweinebraten mit einer noch größeren Portion Bratkartoffeln, von der Großmutter noch schnell wieder aufgebraten, ließ sie sich genüsslich schmecken. Martens trank derweil mit der alten Frau Kaffee.

Wenig später kehrte auch der Großvater von der Feldarbeit zurück. Herzlich begrüßte er Martens.

„Na, Sie sind ja schnell wieder hier. Welche Ehre verschafft uns denn diesmal Ihr Besuch, junger Mann?", wollte er schmunzelnd wissen.

Martens erklärte, dass er auf einer Geschäftsreise nur einen kleinen Abstecher hierher gemacht hätte, um anzufragen, ob er demnächst einen Ausflug mit Margaretha unternehmen dürfte.

Dabei sah er Margaretha immer wieder an. Dann fasste er sich wohl ein Herz und erklärte den Anwesenden, was für eine Idee ihm gerade in den Kopf gekommen sei. Er teilte mit, dass Margaretha mit ihrem Pferd unbedingt gemalt werden müsste. Und er kenne sogar eine Malerin in Schleswig, der er den Auftrag gerne erteilen wolle.

Mit großem Eifer erklärte er:

„Sie heißt Constanze Krug und malt in der gleichen Art wie Marie Ellenrieder. Das ist eine Künstlerin, die 1813 mit nur zweiundzwanzig Jahren als erste Frau das Privileg erhalten hat, an der Kunstakademie zu München zugelassen zu werden. Von einem Ölgemälde, welches Frau Ellenrieder von General Krieg von Hochfelde und seiner Frau zu Pferde gemalt hatte, war Frau Krug so angetan, dass sie sich fortan den Gemälden von Pferden verschrieben hat. Ich kenne sie persönlich und habe schon etliche ihrer Bilder gesehen. Begeistert war ich davon, wie sie die Bewegungen und die Kraft der Pferdekörper gemalt hat. Meine beiden Friesen werde ich auch von ihr malen lassen. Obwohl ich mich sicher auf eine längere Wartezeit einstellen muss. Denn obwohl sie es als Frau natürlich anfangs sehr schwer hatte, überhaupt bezahlte Aufträge zu erhalten, ist ihre Kunst inzwischen sehr gefragt", endete er.

Fasziniert von der Idee hatten sie ihm zugehört. Der Großvater erkundigte sich nach den Kosten, den ein solcher Auftrag wohl nach sich ziehen würde. Er meinte, dass die wohl recht hoch wären. Aber grundsätzlich war er sehr angetan. Als Martens dann meinte, dass er gerne für die Kosten aufkommen wolle und Margaretha das Gemälde dann zu ihrem Geburtstag schenken wollte, erntete er Empörung.

„Das kommt ja nun nicht in Frage, Herr Martens. Zu einem so kostbaren Geschenk besteht doch wohl kein Anlass. Wenn jemand diesen Auftrag erteilt, dann ich. Aber der Gedanke gefällt mir gut. Wollen sie bei der Dame einmal vorsprechen und uns dann wissen lassen, wann sie für diesen Auftrag Zeit hätte?"

Martens sagte dies zu und beharrte nicht länger darauf, die Bezahlung zu übernehmen, weil er merkte, dass er hiermit zu weit gegangen war.

Die Unterhaltung lief noch eine ganze Weile.

So erfuhr Martens denn auch von den Ereignissen, die sich mit Hein Egg zugetragen hatte. Bestürzt schaute er Margaretha an und meinte:

„Es ist wirklich kaum zu glauben, wie dieser ungehobelte Mensch sich verhalten hat. Was müssen Sie für Ängste ausgestanden haben, als er plötzlich vor ihnen aufgetaucht ist, Margaretha." Er wirkte ehrlich betroffen.

„Herr Norges, wenn ich Sie nachher noch unter vier Augen sprechen dürfte?"

An die Frauen gewandt berichtete er von seinen Zukunftsplänen. Er plante sein Geschäft auszuweiten. So berichtete er, dass er von einem guten Geschäftspartner gehört hätte, dass die Zukunft im „schwarzen Gold", dem Öl, läge.

Der Petroleum - Aufschwung hätte inzwischen nicht nur Amerika ergriffen, sondern die schwedischen Brüder Robert und Alfred Nobel seien auch in Russland auf diesen wertvollen Rohstoff gestoßen. Eigentlich hätten sie sich in dem riesigen Land aufgehalten, um Walnussholz für die Gewehrproduktion einzukaufen.

Er wusste zu erzählen, dass ein gewisser Rockefeller es in Amerika in den letzten Jahren durch die Ölgewinnung zum Millionär gebracht hätte und die Nobel-Brüder mit ähnlichen Erfolgen rechneten.

Auf die Frage des Großvaters, ob das nicht ein riskantes Unterfangen sei, wenn er in fernen Ländern Geld investierte, meinte

Martens, dass er wohl zunächst nur das Geld einbringen würde, welches als Notreserve auf der Bank liegen würde.

„Und unter Notreserve verstehe ich genau das, Herr Norges. Sie wissen, dass ich keine Not leide, dass ich meine Gelder sehr gut angelegt habe. Es arbeitet für mich. Außerdem bin ich mit meinen Geschäften mehr als zufrieden. Ein kleines Risiko kann ich also gerne eingehen."

Der Großvater rieb sich nachdenklich über sein Kinn. Einerseits bewunderte er den Mut des jungen Mannes, anderseits hatte er schon zu viele Männer Bankrott gehen sehen, die sich in allzu spekulative Geschäfte eingelassen hatten.

Nachdem Martens noch erklärte, dass er jung genug sei, um diese Zukunftsmöglichkeit in Betracht zu ziehen, ein Mann im Leben auch etwas wagen müsste, und die Zukunft seiner Meinung nach in der Eisenbahn und im Öl läge, kam er noch einmal auf die Bitte eines Gespräches mit Norges zurück.

Der Alte bat ihn daraufhin ins Wohnzimmer und war neugierig, was jetzt kommen würde. Eine Ahnung hatte er allerdings bereits.

Auch Margaretha und ihre Großmutter fragten sich, was Martens wohl Geheimnisvolles mit dem Großvater zu besprechen hätte. Die beiden teilten sich gegenseitig ihre Vermutungen mit.

Wobei Margaretha glaubte, dass es um die versprochene Eisenbahnfahrt gehen würde und die Großmutter, dass es sich um Geschäftsdinge handeln müsse, weil ein Vieraugengespräch stattfand.

Dass beide falsch lagen, erfuhren sie an diesem Tag nicht mehr.

Wenig später verabschiedete Martens sich. Und dies ausgesprochen höflich. Er fragte Margaretha, ob sie ihn noch hinausbegleiten würde. Sie war neugierig, was er ihr noch zu sagen hätte und sah ihn entsprechend erwartungsvoll an.

„Hoffentlich sehen wir uns schon in ganz kurzer Zeit wieder, Margaretha. Dann werde ich Ihnen auch berichten, was ich mit Ihrem Großvater zu besprechen hatte. Im Augenblick hat er mich gebeten, Ihnen nichts zu erzählen." Dabei sah er ihr tief in die Augen, so dass es ihr fast unangenehm wurde. Mit einem Handkuss verabschiedete er sich gut gelaunt von ihr, stieg auf den Kutschbock, trieb die Pferde an und verließ gemächlich den Hof.

Verdutzt schaute sie ihm nach.

Das war ja gerade ein merkwürdiges Verhalten gewesen. Sie schlenderte ins Haus zurück, in der Hoffnung, dass der Großvater ihr verraten würde, worum es in dem Gespräch gegangen sei.

In der Küche lächelten die Großeltern still vergnügt vor sich hin, wollten aber auf keinen Fall verraten, was Martens gewollt hatte.

Nun ja, etwas Schlimmes war es auf keinen Fall, denn dann hätten die zwei anders ausgesehen.

Weil ihre Bettelei erfolglos blieb, kam Margaretha noch einmal auf ihre Freude über das prächtige Pferdegeschirr zurück. Und auch das Angebot von Martens sich um die Künstlerin zu bemühen, besprachen sie noch einmal.

„Margaretha, ich werde dafür Sorge tragen, dass das Bild von dir und deinem Pferd auf jeden Fall gemalt wird. Allerdings würde ich gerne bis zum Herbst mit dem Auftrag warten. Du weißt ja, dass im Augenblick jede Hand auf dem Hof gebraucht wird. Und auch deine Hilfe wird benötigt", erklärte der Großvater.

Er umarmte sie. „Und dann soll das Gemälde hier in der guten Stube hängen. Und uns immer an dich erinnern, falls du doch irgendwann, vielleicht schon in der nahen Zukunft, heiratest und das Haus verlässt."

„Ach, Großpapa, was habt ihr nur immerzu mit dem Heiraten. Das hat doch sicher noch ein wenig Zeit?", kuschelte sie sich in seine Arme.

An diesem Abend, als sie endlich müde und erschöpft, aber auch hochzufrieden mit diesem ereignisreichen Tag war, lag sie noch lange wach. Ihre Gedanken spielten zum Teil Purzelbäume mit ihr. So vieles ging ihr durch den Kopf. Sie wälzte sich von einer Seite auf die andere und fand keinen Schlaf. Also stand sie auf, ging ans Fenster und schaute zum Sternenhimmel hinaus.

Ihre Augen suchten den Nordstern, fanden ihn und sie schaute mit pochendem Herzen hinauf. Diesen Stern hatte sie sich vor vielen Jahren mit Louise ausgesucht, um mit ihr, trotz der großen örtlichen Entfernung, verbunden zu sein.

Beide hatten vereinbart, immer dann hinauf zu sehen, wenn sie sich zu sehr vermissten, wenn sie einander gerade brauchten und sich etwas Dringendes zu erzählen hatten.

Das war heute so ein Augenblick. Und wie sehr sie ihre Freundin gerade jetzt herbeisehnte. So vieles gab es zu klären. All die Ereignisse der letzten Wochen schienen Margaretha im Augenblick zu überfordern. Sie brauchte Louise jetzt so sehr.

Wie gut, dass eine Woche nur sieben Tage hatte.

Und Morgen waren es nur noch sechs Tage. Sie legte sich wieder ins Bett und schlief tatsächlich in wenigen Augenblicken ein.

*

Zwei Tage später vertrauten ihr die Großeltern an, was Martens bei seinem letzten Besuch zu besprechen hatte.

Gemeinsam ließen sie einen arbeitsreichen Tag ausklingen. Sie hatten es sich im Garten auf den bequemen Stühlen gemütlich gemacht. Greif lag zu Füßen des Großvaters. Die inzwischen größer gewordenen possierlichen Katzenkinder wuselten zwischen ihnen hin und her. Sie spielten miteinander und mit den großen Ohren von Greif, der sich das sanftmütig gefallen ließ.

„Margaretha", setzte der Alte an. „Wir möchten gerne ein ernstes Gespräch mit dir führen. Du weißt ja, dass Martens neulich eine längere Unterhaltung mit mir hatte. Um es kurz zu machen, er hat bei dieser Gelegenheit um deine Hand angehalten. Und deine Großmutter und ich sind der Meinung, dass er eine sehr gute Partie für dich wäre. Außerdem hegt er nur die besten Gefühle für dich und wir sind darum der Meinung, dass eine Ehe mit ihm sicher gut für dich wäre."

Margaretha hatte still zugehört. Das war es also. Das also hatte Claudius gewollt.

Heiraten. Sie sollte ihn heiraten.

Sie reagierte nicht auf die gerade gehörten Worte.

Sah die Großeltern nur an.

Der Alte erklärte ihr, dass die Entscheidung nach wie vor natürlich bei ihr läge. Aber er machte ihr auch klar, wie beruhigt er und die Großmutter wären, wenn sie sie in guten Händen wüssten.

Weiterhin führte er auf, was er mit Claudius ausgemacht hatte, wenn sie einer Ehe mit ihm zustimmen würde.

„Auf jeden Fall würdet ihr hier auf dem Hof wohnen bleiben. Martens würde mit mir zusammen das Wohngebäude ausbauen, damit zwei Generationen hier leben können. Er wird dich auch in der Pferdezucht unterstützen, wenn wir dazu nicht mehr in der Lage sein werden, Margaretha. Das war für mich ein ganz wichtiger Punkt. Ich möchte nämlich nicht, dass dein zukünftiger Ehemann dich von den Pferden fernhält. Außerdem hat er zugesichert, dass du die Friesenzucht nach unserem Ableben weiter betreiben kannst und dein gesamtes Erbe von ihm unabhängig selbst verwalten darfst. Dafür hat er meinen größten Respekt."

Die Großmutter erläuterte noch, dass die Hochzeit auf jeden Fall hier im Haus stattfinden würde und erwähnte anerkennend, dass Claudius nicht ein einziges Mal nach der Mitgift gefragt hatte.

„Da er genug Geld hat, ist er auf dein Vermögen nicht angewiesen, Margaretha. Wenn ich Großvater richtig verstanden habe, ist Herr Martens dir von Herzen zugetan. Den Auftrag für die Künstlerin möchte er auch alleine tragen und dir das Gemälde zur Hochzeit schenken. Ich glaube wirklich, mein Kind, dass er gut für dich wäre."

Sie nahm ihre Enkelin in den Arm und tätschelte ihr die Wangen.

Es wurde noch erwähnt, dass der Großvater Martens gebeten hatte, bis zum September auf eine Antwort zu warten, weil sie ihr genug Bedenkzeit einräumen wollten.

„Es ist nur passend, dass Louise gerade jetzt zu Besuch kommt, da könnt ihr zwei doch auch alles in Ruhe noch einmal miteinander durchsprechen", meinte sie abschließend.

In Margarethas Kopf rumorte es.

Sie saß nachdenklich auf ihrem Korbstuhl. Den Kopf hatte sie auf die Hände gestützt.

Das waren sehr ernsthafte Überlegungen, die sie anstellen musste und sie fühlte sich im Augenblick gar nicht in der Lage dazu.

Vier Tage noch. Dann war endlich Louise hier.

In ihr sagte eine Stimme, dass das die Rettung war.

Mit Louise würde sie das alles überdenken. Und bis dahin würde sie ernsthaft versuchen, die Vor- und Nachteile dieser Hochzeit abzuwägen. Das teilte sie ihren Großeltern mit, die sich über diese vernünftige Reaktion freuten.

Vier Tage, drei Tage, zwei Tage und dann nur noch einer.

In den vergangenen Tagen hatte Margaretha von früh bis spät bei der Heuernte geholfen. Die Sense konnte sie genauso gut schwingen, wie die Monarchen, die der Großvater zum Arbeiten eingestellt hatte.

Das tägliche Wenden des Heus mit der Holzforke war mühselig und anstrengend gewesen. Aber sie hatte nicht geklagt. Einerseits konnte sie bei dieser Arbeit über Claudius nachdenken, andererseits fiel sie nach getaner Arbeit todmüde ins Bett und schlief schnell ein.

Die Unruhe war aber jeden Tag in Margaretha gewachsen.

Sie konnte kaum aushalten, wie langsam diese Tage vergingen.

Aber jetzt war es fast soweit. Morgen wäre endlich Louise hier.

Am folgenden Morgen erledigte sie ihre Arbeiten auf dem Hof in einem Tempo, dass die Großmutter lachend aus dem Küchenfenster rief:

„Margaretha, dadurch kommt Louise auch nicht schneller."

Und diese antwortete ebenfalls lachend:

„Aber dadurch bin ich abgelenkt, Großmutter. Soll ich noch schnell zwei Hühner einfangen, damit wir sie gerupft haben, bevor Louise ankommt?"

„Ja, bitte, mach das mein Kind. Ich setze schon mal Wasser auf, damit wir die Federn schnell abbrühen können. Nimm zwei schön fette Hühner, Margaretha. Nicht dass Louise sich beschwert."

Margaretha hatte, weil sie darin geübt war, im Nu zwei kräftige Hühner gefangen. Bevor sie ihnen mit schneller Bewegung die Hälse umdrehte, streichelte sie ihnen noch einmal über ihr Federkleid und bedankte sich dafür, dass sie gegessen werden durften. Dann schlug sie ihnen mit der dafür vorgesehenen Axt die Köpfe ab.

Anschließend wurde das Federvieh mit kochendem Wasser übergossen und von den beiden Frauen gerupft. Die Federn kamen in einen Korb, wo sie trocknen sollten. Später würden die Daunen für ein Kissen gebraucht werden.

Sie unterhielten sich über die reichliche Heuernte, die guten Arbeitskräfte, die sie bekommen hatten und wie viel Glück sie bisher mit dem trockenen Wetter hatten. Auch über die eventuell anstehende Ehe sprachen sie in aller Ruhe.

Margarethas Herz pochte zwischendurch immer wieder in Vorfreude auf ihre Freundin.

Dann teilte sie ihrer Großmutter mit, dass sie wohl mit dieser Heirat einverstanden sei, aber noch mit Louise unbedingt das eine und andere klären müsste.

Gerührt war sie, als sie kleine Tränen der Erleichterung bei der alten Frau wahrnahm.

Sie konnte ihre Großeltern gut verstehen und wusste, dass diese stets ihr Bestes wollten.

Gerade hatten sie die Hühner ausgenommen, in die Küche gebracht und Herz und Leber gesondert gelegt – die bekam der Großvater später gebraten serviert -, und die anderen Innereien gleich zu den Schweinen als Zusatzfutter gebracht, als eine Kutsche in den Hof einfuhr.

Margaretha rannte jubelnd in den Hof, gleicher Jubel schallte aus der Kutsche zurück.

Louise sprang heraus und die Freundinnen fielen sich mit strahlendem Lächeln in die Arme. Sie drückten sich in gleicher Freude aneinander, herzten einander eine Weile und hielten sich dann auf Armeslänge um sich erst einmal anzusehen.

Louise trug einen riesigen flachen Strohhut, der mit dunkelgrünen Seidenbändern unter dem Kinn zum Halten gebracht wurde. Ihr Sommerkleid aus leichter Baumwolle war lindgrün mit zarten Streifen. Es passte hervorragend zu ihrem fröhlichen Wesen. Feine lederne Stiefeletten schmückten ihre Füße.

Gegensätzlicher konnte die Kleidung der Freundinnen kaum sein, denn Margaretha trug ein dunkelblaues Leinenkleid und war wie so oft barfuß.

Inzwischen war auch die Großmutter in den Hof gekommen, um den Gast zu begrüßen und dem Kutscher Anweisungen für das Gepäck zu geben.

Dann ging es in die Küche, um den obligatorischen Kaffee zu trinken. Die jungen Frauen erzählten abwechselnd die wichtigsten Neuigkeiten. Sie waren so voller Lachen und Glucksen, dass die Großmutter sich wieder ganz jung fühlte und sich gerne von der Fröhlichkeit anstecken ließ.

Dann forderte sie die beiden auf, Louises Koffer in Margarethas Zimmer zu tragen, weil sie mit den Vorbereitungen für das Mittagessen schon spät dran war. Die angebotene Hilfe der jungen Frauen lehnte sie ab.

„Margaretha, wir haben dich für den Rest des Tages von jeglicher Arbeit freigestellt, damit du Louises Anwesenheit genießen kannst. Für die Arbeiter werde ich einen deftigen Eintopf kochen und für uns die Hühner braten. Ja, Louise, extra für die dich gibt es heute Hühnchen. So, und jetzt fort mit euch, erfreut euch an dem schönen Tag, ich habe zu tun."

Der Koffer war schnell in Margarethas gemütlicher Kammer untergebracht. Die Kleidung in den Kleiderschrank sortiert und ein leichtes Baumwollkleid, in himmelblauem Farbton, welches Louise gleich anziehen wollte, herausgelegt. Sie plauderten bei diesen Verrichtungen unentwegt.

Dann ging es endlich hinaus. Sie stolperten die Treppenstufen fast hinunter, weil sie sich kichernd und plappernd gegenseitig vor lauter Übermut stupsten.

„Komm, Louise, zuerst zeige ich dir mein neues Sattelzeug. Du wirst über die Pracht sicher staunen. Und dann holen wir Sternenfee von der Koppel, um sie zu satteln. Ich bin so stolz auf dieses besondere Geschenk meiner Großeltern, und mein Pferd sieht mit dem neuen Geschirr so edel aus."

Natürlich war Louise hellauf begeistert und wollte unbedingt das Pferd mit all diesen schönen Sachen sehen.

So sprangen sie wie zwei kleine Mädchen, die sie im Augenblick auch waren, zur Pferdekoppel.

Es war ein glänzender Tag mit hellstem Sonnenschein, Vogelgezwitscher, Hummelgesumm und unendlich vielen Schmetterlingen, die durch die warme Luft schwebten.

Es gab so vieles zu berichten, dass sie in ihren gegenseitigen Erzählungen gar keine Pause machten.

Darum legten sie sich, an der Pferdekoppel angekommen, auch erst einmal ins Gras, um weiter zu plaudern. Die Pferde kamen gemächlich näher und Sternenfee schnaubte zur Begrüßung kräftig durch die Nüstern.

Sie genossen es so sehr, endlich wieder zusammen zu sein.

„Margaretha, du hast mir so unendlich gefehlt", verriet Louise mit einem tiefen Seufzer.

„Du mir auch, Louise. Ich kann dir gar nicht sagen, wie sehr."

Sie umarmten sich in tiefer Vertrautheit.

Nach einer Weile öffnete Margaretha das Gattertor und ließ ihr Pferd heraus. Wie gewöhnlich folgte es ihr wie ein gut erzogener Hund. So gingen sie langsam zum Hof zurück. Dort angekommen, putzten sie das Pferd gemeinsam und anschließend sattelte Margaretha es.

Schon als sie dem Pferd das Zaumzeug anlegte, war Louise hellauf begeistert. Und als dann der Sattel aufgelegt wurde, verschlug es ihr die Sprache.

„Bitte, sitz auf, Margaretha. Ich muss dich jetzt sofort auf deinem Pferd sehen. Ich bin jetzt schon so geblendet, dass ich gar nicht weiß, wie ich eine längere Wartezeit aushalten soll. Los jetzt, hoch mit dir", lachte sie ihre Freundin an.

Die ließ sich nicht lange bitten, und als sie im Sattel saß, fragte sie mit Schalk im Nacken:

„Na, Louise, siehst du hier zwei Königinnen? Komm, setz dich hinter mich, wir reiten ein Stück."

Dass Louise dies Angebot ablehnen würde, war ihr natürlich klar, da sie wusste, dass sie nicht reiten mochte und auch nicht konnte. Aber als sie sah, dass ihrer Freundin die Tränen übers Gesicht liefen, tat ihr ihre Äußerung leid.

Schnell sprang sie vom Pferd und nahm Louise in die Arme.

„Entschuldige bitte, ich habe es nicht böse gemeint", versuchte sie ihre Freundin zu trösten.

Aber Louise winkte ab. „Es waren nicht deine Worte, Margaretha. Es war das Bild. Du hast mindestens so gestrahlt, wie das himmlische Zaumzeug und der Sattel zusammen. Und deine roten Locken glänzten in der Sonne wieder einmal wie ein Feuerball. Es hat mich bis ganz tief in mein Herz hinein berührt."

Sie hielten sich noch einen Augenblick umschlungen, dann saß Margaretha wieder auf.

„Um Sternenfee nicht zu enttäuschen, reite ich nur schnell zur großen Wiese, um Großvater mitzuteilen, dass du hier bist. Dauert nicht lange. Ich bin gleich zurück."
Louise sah ihr so lange nach, wie sie noch zu sehen war, und begab sich in die Küche zur Großmutter.
Margaretha genoss diesen kleinen Ausritt mindestens so sehr wie ihr Pferd. Der Wind wehte durch ihre Lockenpracht genauso wie durch die wilde Mähne ihres Pferdes. Der Großvater hatte seine Enkelin schon von weitem kommen sehen. Er stand mit der Mütze in den Nacken geschoben, den Schweiß von der Stirn mit einem Tuch abwischend auf seiner Forke gestützt auf der Wiese und sah ihr stolz entgegen. Kurz berichtete sie von Louises Ankunft, warf ihm noch eine Kusshand zu und war schon wieder verschwunden.

Der Alte sah ihr nach und seine große Zuneigung für diese zauberhafte junge Frau nahm ihn eine Weile ganz gefangen. Dann machte er sich wieder an die Arbeit. Einer der Arbeiter meinte: „Was für eine Erscheinung. Auf die müssen sie wohl gut aufpassen, was Herr Norges?"
Worauf der Alte nur meinte, er solle sich mal lieber um die Arbeit kümmern, als lange Reden zu halten.
Der Vormittag verging wie im Flug und schon war es Zeit, die Tische einzudecken. Die Arbeiter wurden in der Küche versorgt und für die anderen wurde zur Feier des Tages in der guten Stube angerichtet.
Die Hühner waren knusprig gebraten und der Duft ließ ihnen das Wasser im Munde zusammenlaufen. Es gab reichlich Kartoffeln mit zerlassener Butter und Wurzelgemüse dazu.
Die Unterhaltung war rege und Louise meinte:

„Als ich Margaretha vorhin mit Sternenfee und dem wunderschönen neuen Geschirr gesehen habe, dachte ich, dass ein Photograph dieses Bild festhalten müsste. Bei uns in Kiel kommt mitunter ein Mann durch die Straßen und fragt, ob jemand Interesse an einer Photographie hat. Er liefert dann die Bilder eine Woche später auch aus. Gibt es hier auch schon wandernde Photographen?"

Das wurde verneint, aber den Gedanken fanden alle ganz interessant. Der Großvater berichtete von der Künstlerin, die Martens aufsuchen wollte, um ein Gemälde von Margaretha mit ihrem Pferd in Auftrag zu geben. Auch erzählte er, dass Martens dieses Gemälde als Hochzeitsgeschenk überreichen wollte.

Daraufhin wurde es sehr still am Tisch.

Louise sprach gar nicht mehr. Auch schien ihr Appetit nicht mehr vorhanden zu sein.

Margaretha aß sehr langsam und schaute still auf ihren Teller. Die Großmutter warf stumme Blicke zu ihrem Mann.

„Hannes, ich glaube, dass die Mädchen noch keine Zeit gefunden haben, über Martens Antrag zu sprechen. Lass ihnen doch erst noch Zeit, sich auszutauschen."

Und an Louise gewandt meinte sie:

„Das mit der Photographie ist eine zauberhafte Idee, Louischen. Ich wäre sehr glücklich, ein solches Bild von Margaretha zu haben. Kommt, Kinder, seid nicht gar so ernst und lasst euch das gute Essen weiterhin schmecken. Zum Nachtisch habe ich eure Lieblingsgrütze aus schwarzen Johannisbeeren und Erdbeeren gekocht. Und die wollen wir doch wohl nicht an die Arbeiter verteilen?"

Damit hatte sie wieder ein Lächeln in die Gesichter gezaubert und der Rest der Mahlzeit verlief fast wieder so harmonisch und entspannt wie zu Beginn.

Nachdem sie der Großmutter beim Abwaschen der Geschirr-mengen geholfen hatten, machten sie sich zu einem Spazier-gang auf.

Zunächst erzählte Louise, wie sie ihren Eltern die angedachte Hochzeit ausgeredet hatte. Sie hatten vor, berichtete sie, sie mit einem vermögenden Kieler Kaufmann zu verheiraten. Zwar ein recht sympathischer und auch gut aussehender Mann, auch ziemlich vermögend und intelligent, aber Louise wollte einfach nicht heiraten.

„Ich kann mir so ein Leben nicht vorstellen, Margaretha. Und darum habe ich meine Eltern nach langem Zureden dazu über-reden können, mir noch zwei Jahre Zeit zu geben. Sie meinten zwar, dass er wohl nicht ewig auf mich warten würde, aber letztendlich haben sie meinen Willen respektiert."

Margaretha berichtete nun ihrerseits, dass sie mit dem Gedan-ken an eine Ehe auch nicht sonderlich glücklich sei, aber die Großeltern verstehen könne, wenn diese sie versorgt wissen wollten. Sie erwähnte, dass Claudius sich darauf eingelassen hätte, ihr Vermögen nicht anzugreifen und dass er sogar bei ei-nem Notar unterschreiben wolle, dass Margaretha als Einzige über ihr Vermögen verfügen dürfe.

„Das ist doch wirklich ein starker Charakterzug, Louise. Den Termin für die Hochzeit würden meine Großeltern gerne in den Spätherbst legen. Dann ist die Hauptarbeit auf den Feldern ge-tan und bevor der Winter kommt, bin ich Frau Martens. Und du, meine liebste Freundin, du musst unbedingt dabei sein. Ohne dich würde ich das Ganze doch gar nicht überstehen."

Sie blieben stehen und sahen sich lange in die Augen bevor sie langsam weiter spazierten.

„Schau, Margaretha, dort vorne fliegen Erdhummeln aus. Lass uns bitte nachsehen, wo sie ihr Nest haben."

Vorsichtig schritten sie durch das hohe Gras. Vor einem Mauseloch blieben sie stehen, denn hier kamen die kleinen Tiere herausgeflogen. Und etliche der gelb schwarz gestreiften und mit weißem Hinterleib versehenen Hummeln mit ihren pelzartigen Haaren flogen auch hinein.

Die Frauen hockten sich davor und sahen dem geschäftigen Treiben zu. Sie amüsierten sich darüber, wenn eines der Tierchen über und über mit Pollenstaub von Löwenzahn und Kornblumen bedeckt summend und brummend in dem Mauseloch verschwand.

„Es sieht aus, als würden sie in ihr Nest tanzen. Weißt du noch, Louise? Vor einigen Wochen erst war es, dass wir meinten, dieses Hummelgesumm klingt wie Musik. Inzwischen ist so viel geschehen und jetzt werde ich bald heiraten. Dabei bin ich gar nicht sicher, ob ich das wirklich möchte. Ich mag Claudius ja ganz gerne. Aber ich dachte immer, da müsste noch etwas anderes sein. Irgendwie andere Gefühle. Ich weiß auch nicht so genau. Verstehst du, was ich meine? Ich bin so froh, dass du hier bist. Du bist mir immer so nah gewesen. Ich kann mir nicht vorstellen, längere Zeit ohne dich zu sein. Wie wird das wohl, wenn ich verheiratet bin. Du kommst doch genau so häufig wie jetzt? Louise, du würdest mir viel mehr fehlen, als Claudius es je täte."

„Ach, Margaretha", war alles, was Louise antwortete.

Sie zog ihre Freundin behutsam aus der Hocke hoch und bat sie, noch ein wenig weiter bis zu ihrem alten Lieblingsplatz zu spazieren.

*

An dem kleinen Weiher, auf einer Wiese, die mit Klee, Löwenzahn und Kornblumen bewachsen war, standen sie sich still und in Gedanken versunken gegenüber.
Hierher waren sie in ihren Kindertagen immer wieder gegangen.
Hier haben sie sich ihre Geheimnisse anvertraut.
Hier haben sie auf dem Rücken liegend gerne Bilder in den Wolken erkannt.
Mal sahen sie Hasen, buckelige Wale, einen Baum oder gar Vögel. Da sich die Wolken in ihrem Flug ständig änderten, verzerrten sich die gerade gesehenen Bilder ebenso und gaben für manches alberne Gelächter Anlass.
Hier haben sie vor Lust und Wonne miteinander gelacht und sich ab und zu dabei liebevoll umarmt.
Hier haben sie sich Blumenkränze geflochten und der anderen aufs Haar gelegt.
„Weißt du noch, Margaretha, dass ich dir immer einen Kranz aus Kornblumen gebunden habe? Weil der Kontrast zu deinem roten Haar mich immer faszinierte. Du hast so wunderschön damit ausgesehen."
Verlegen lächelte Margaretha und gestand:
„Und in deinen Kranz habe ich ständig Gänseblümchen eingearbeitet. Weil du mir genauso stark wie ein Gänseblümchen vorgekommen bist. Die schaffen es, durch härtesten Untergrund ans Licht der Welt zu kommen. Die kann man immerzu abpflücken, und sie erblühen stetig neu. Das schienen mir die einzig richtigen Blumen für dich zu sein."
„Warum haben wir uns das eigentlich nie gesagt?" wollte Louise wissen.

„Vielleicht war es gar nicht notwendig. Oder vielleicht hätte es uns verlegen gemacht? Ich weiß es auch nicht."

Bssssssssssssd bssssd bsssd schwirrte eine Hummel wie eine Botin über ihren Köpfen.

Mit traurigen Augen sah Louise in die Augen ihrer Freundin.

„Margaretha, ich muss dir etwas sagen. Und glaube mir, es fällt mir nicht leicht, aber es ist mir unmöglich an deiner Hochzeit teilzunehmen. Ich kann es nicht erklären, aber ich kann einfach nicht dabei sein, wenn du Claudius heiratest. Darum werde ich im Herbst nicht kommen."

Erschrocken schaute Margaretha ihre Freundin an. Sie griff nach ihren Händen, als wollte sie sie so zurückhalten.

Ihre Finger berührten sich und dann geschah etwas Ungeheuerliches.

Heiße Wellen flossen durch ihren Körper. Von Kopf bis Fuß glaubte sie zu verglühen.

Sie sah Louise erstaunt in die Augen. Diese waren so dunkel, wie sie sie noch nie zuvor gesehen hatte.

Beide schwiegen, sahen sich nur in die Augen.

Jede versank in den Augen der anderen.

Tiefer und tiefe Ewigkeit.

Eins.

Unendlichkeit.

Unendliche Vertrautheit und Wärme.

Ihre Gesichter kamen sich immer näher.

Margaretha glaubte keine Luft mehr zu bekommen, wollte gar keine Luft mehr bekommen. Ihre Hand näherte sich dem Gesicht von Louise, streichelte ganz zart die weiche Haut ihrer Wange, streichelte über deren zitternden Lippen.

Immer näher kamen sie sich. Immer näher.

Und dann berührten sich ihre Lippen.

So weich, so zart, so sanft.

Sternenblitze kreisten um sie herum.

Feuerflammen stiegen herauf.

Eine Welle schien sie emporzuheben.

Nichts war mehr zu hören, nichts war mehr zu sehen.

Nur noch eine uralte Vertrautheit. Eine unglaubliche Wärme, ein so tiefes Verlangen, welches mit Worten gar nicht zu beschreiben war.

Eng umschlungen standen sie.

Wange an Wange.

Körper spürte Körper.

Herzschlag spürte Herzschlag.

Hände tasteten. Berührten. Fühlten. Staunten.

Margarethas Hände berührten durch den Kleiderstoff zärtlich den Körper der Freundin.

Die Hand der Freundin berührte im gleichen Augenblick den derben Leinenstoff von Margarethas Kleid und streichelte über deren Körper.

Unendlich Eins.

Sie sanken auf den Waldboden. Ihre Lippen konnten sich nicht voneinander lösen.

Mit erstaunten Herzen fühlten sie Gleiches.

Eng umschlungen saßen sie im Gras bis ein Geräusch sie aufschreckte.

Sie sahen auf und blickten in das Gesicht eines noch jungen Hirsches.

Vermutlich genau so erschrocken wie die Frauen, sprang er mit schnellen Sprüngen seitlich ins Unterholz.

Lächelnd mit verschleierten Blicken sahen sie sich wieder voller Zärtlichkeit an.

Lippen fanden sich wieder.

So sanft. So weich.

Wieder schreckte ein Geräusch sie auf, aber sie ignorierten es.

„Nur das Reh", flüsterte Margaretha.

„Ja, nur das Reh...", antwortete Louise.

*

Voller Unruhe warteten die Großeltern jetzt schon seit Stunden auf die Rückkehr der Freundinnen. Niemals war Margaretha so lange fort geblieben.

Auch das Abendessen hatte sie nie ausfallen lassen, ohne vorher zu erzählen, dass sie verhindert sein würde.

Nach dem zehnten Glockenschlag verlangte die Großmutter schon, dass ihr Mann sich auf die Suche nach den Frauen begeben sollte. Aber der meinte zu dem Zeitpunkt noch, dass die beiden wegen der bevorstehenden Hochzeit sicher eine Menge zu besprechen und die Zeit vergessen hätten. Dass auch er sich bereits Sorgen machte, wollte er seiner Frau nicht mitteilen. Er bekam ja mit, wie unruhig sie war und wollte sie nicht zusätzlich ängstigen.

Aber nach dem elften Glockenschlag hielt ihn auch nichts mehr.

Er holte den Knecht und den Stallburschen, beide hatten schon geschlafen, aus ihrer Kammer und erklärte ihnen, dass die beiden Freundinnen immer noch nicht zurück seien und er sie suchen wollte. Er bat die beiden, ihm bei der Suche behilflich zu sein. Die Sorge stand ihrem Arbeitgeber ins Gesicht geschrieben, und da sie ihn so aufgewühlt und beunruhigt nicht kannten, fragten sie nicht lange. Flugs hatten die ihre Kleidung angezogen und folgten dem Alten in den Hof. Etliche Laternen waren von dem Alten schon angezündet worden. Sie nahmen jeder eine.

Mit einem Mal erklang ein schauriges Wiehern.

Es war ein Schrei, wie ihn noch nie zuvor ein Pferd von sich gegeben hatte.

„Oh mein Gott. Das ist Sternenfee. Da muss etwas Furchtbares passiert sein. Mein Gott, ich habe noch nie so einen schaurigen Schrei von einem Pferd gehört."

Entsetzen zeichnete sich in dem Gesicht des Alten ab. Auch die beiden anderen Männer standen mit bleichen Gesichtern da. Angst spiegelte sich darin.

„Ihr geht sofort ins Dorf und klopft alle aus den Betten! Wir brauchen jetzt jeden Mann, um bei der Suche zu helfen. Ich gehe zur Pferdekoppel, um zu sehen ob dort alles in Ordnung ist. Nehmt das Horn hier mit, und wenn ihr sie gefunden habt, blast dreimal laut hinein", gab der Alte Anweisungen.

Der Großvater, gefolgt von Greif, forderte seinen Hund auf, zu suchen. Emsig schnüffelte der auf dem Boden und sprang jaulend immer wieder an seinem Herrn hoch. Er hatte wohl nicht verstanden, was er suchen sollte.

Im Stall hatte der Großvater bestimmt schon mehrere Male nach den jungen Frauen geschaut. Auf der Hauskoppel auch.

Jetzt ging er in der tiefen Dunkelheit mit dem winzigen Licht der Laterne zur Koppel, auf der Margarethas Sternenfee stand.

Lautes unruhiges Wiehern begleitete jeden seiner Schritte.

Das Pferd galoppierte wie wild geworden auf der Koppel hin und her.

Der Alte versuchte, es mit Worten zu beruhigen.

Es nützte nichts. Sternenfee gebärdete sich wie wild, nichts konnte sie besänftigen.

Der Alte rief auch immerzu laut nach Margaretha und Louise, versuchte in dem kleinen Lichtschein etwas zu entdecken.

Ein sinnloses Unterfangen.

Die Frauen waren wie vom Erdboden verschwunden.

Da Sternenfee unverletzt war, begab er sich zurück zum Hof, wo inzwischen seine Helfer ohne Ergebnis auch schon eingetroffen waren.

Die Männer hatten im Dorf trotz der späten Stunde solange an die Türen gehämmert, bis ihnen geöffnet wurde. Sie hatten nach den vermissten Frauen gefragt, aber niemand hatte sie am heutigen Tag oder am Abend gesehen.

Vielfach wurde ihnen für den folgenden Morgen Hilfe zum Suchen angeboten. Denn jetzt sei es doch zu dunkel, um irgendetwas sehen zu können, bekamen sie voller Anteilnahme zu hören.

Trotz der Dunkelheit setzte der Alte seine Suche fort.

Es war sinnlos.

Irgendwann übermannte ihn die Erschöpfung und so begab er sich schweren Herzens zurück ins Haus.

Gemeinsam mit seiner Frau saß er am Küchentisch, eine Tasse Kaffee nach der anderen trinkend. Beiden gingen furchtbare Gedanken durch den Kopf. Beiden war klar, dass irgendetwas geschehen sein musste. Beide hatten Angst.

An Schlaf war gar nicht zu denken. So warteten sie auf das erste Morgenlicht, um die Suche fortzusetzen.

Fast alle Männer und auch etliche Frauen der Dorfgemeinschaft trafen sehr früh am nächsten Morgen auf dem Hof ein und und boten voller Sorge ihre Hilfe bei der Suchaktion an.

Nur Hein Egg war nicht dabei.

Jemand erzählte, dass er angeblich in Geschäftsdingen unterwegs sei. Ein anderer behauptete hingegen, ihn noch am gestrigen Abend gesehen zu haben.

Die nähere Umgebung und das Dorf waren inzwischen durchsucht worden. Jetzt hatte sich die große Schar der Helfenden in der angrenzenden Gegend verteilt.

Auch die Großeltern befanden sich unter dem Suchtrupp.

Plötzlich schlug Greif, der ständig hin- und hergelaufen war, an.

Aus seinem Bellen wurde ein durch Mark und Bein gehendes Heulen.

Die Großeltern waren als erste an der Stelle angekommen, wo der Hund im hohen Gras stand und mit in den Himmel gerichteten Kopf laut jaulte.

Kleine Fetzen von Kleidungsstücken lagen verstreut am Rand des Weihers.

Und Blut war im Gras zu sehen.

Überall Blut.

Aber die beiden Frauen waren nirgends zu finden.

Entsetzen lag im Gesicht der Großmutter.

Erschrecken, Angst und Sorge zeichneten sich darin ab. Leise geweinte Tränen rannen über ihre Wangen.

Sie erkannte in den Kleiderfetzen Teile von Margarethas Kleid und nahm sie in die Hand. Sie waren über und über mit Blut getränkt.

Sie drückte sie an ihr Gesicht. Weinte in den Stoff. Verzweifelt schaute sie sich um. Es durfte nicht sein.

Ihrer Margaretha und auch Louise durfte nichts passiert sein.

Aber das viele Blut. Das viele Blut. Was war nur geschehen?

Greif war inzwischen abwechselnd winselnd und jaulend zum Weiher gelaufen. Einer der jüngeren Männer war ihm gefolgt.

„Oh Gott, kommt hier rüber", war seine mit Entsetzten gefüllte Stimme zu hören.

Nein, die Großmutter wollte es nicht wissen. Sie ahnte, was jetzt geschehen würde. Sie fürchtete sich vor der zu erwartenden Mitteilung.

„Sie ist hier. Es ist Margaretha. Oh Gott, wie furchtbar. Kommt doch endlich her!", erschallte es wieder vom Weiher.

Die Großmutter sackte in sich zusammen. Sie war nicht fähig aufzustehen.

Ihr graute vor dem, was jetzt kommen würde.

Dem Rufenden zur Hilfe geeilte Männer standen geschockt am Rand des Weihers, als der Großvater zu ihnen eilte.

„Nicht, Norges, bleib weg. Das darfst du nicht sehen", zog einer den Alten zur Seite. Dieser riss sich aber mit aller Kraft los, stürzte zum Weiher und sackte wie von einer Axt getroffen zusammen.

Das rote Haar von Margaretha wurde vom Wasser umspült. Ihr Leichnam lag verdreht auf einem der Steine am Uferrand.

Wasser überspülte die Reste ihres Kleides. Mehrere Einstiche, wie von einem Messer geführt, waren auf ihrem Körper zu erkennen. Ihre leeren Augen starrten in den Himmel.

Noch ehe der Alte sich besinnen konnte, noch ehe er wieder auf die Beine kam, hörte er:

„Hier ist die Andere! Tot! Oh Gott!"

Hinter einer kleinen Biegung des Weihers kam das laute verzweifelte Rufen.

Louise war noch viel schlimmer zugerichtet als Margaretha.

Ihr Gesicht war eingeschlagen worden. Es sah aus, als wäre ein Hammer darauf niedergegangen. Ihr Körper war durch Messerstiche fast aufgeschlitzt worden. Ein grausamer Anblick, den selbst die Hartgesottenen unter ihnen nicht vertrugen.

Fast alle Suchenden waren inzwischen durch die lauten Rufe herbei geeilt.

Die leblosen Körper wurden an Land gezogen. Beschämt zogen einige der Männer ihre Jacken aus und bedeckten damit die zarten Körper der Frauen.

Mit gesenkten Köpfen standen sie fassungslos, erstarrt und zugleich hilflos herum.

Keiner sagte etwas.

Keiner war dazu in der Lage.

Das Entsetzen und die Ungläubigkeit über diesen brutalen Mord an den beiden jungen Frauen lähmte alle Anwesenden.
Die Großeltern waren nicht mehr ansprechbar.
Beide standen zitternd am Rand des Weihers und blickten auf die getöteten Frauen nieder.
Dann ging ein Ruck durch den Körper des Großvaters.
„Holt Pferde und Wagen, damit wir sie nach Hause bringen können", murmelte der Alte mit gebrochener Stimme.
„Ihre Kette. Hannes, ihre Kette ist nicht da. Nie im Leben hätte Margaretha die Bernsteinkette abgelegt", flüsterte leise die Großmutter.
Und an die Umstehenden erging ihre Bitte: „Sucht bitte nach Margarethas Bernsteinkette. Die muss hier doch irgendwo sein. Bitte sucht danach."
Aber die Kette war nicht auffindbar. Auch Norges schaute mit seinen von Tränen blinden Augen suchend umher ohne etwas wahrnehmen zu können.
Er tastete nach der Hand seiner Frau. Sie hielten sich fest an den Händen.
Unfähig sich anzusehen.
Zutiefst erschüttert standen sie wortlos, die Köpfe gesenkt, mit tränenden Augen und blassen Gesichtern an dem geschundenen Körper ihrer geliebten Enkelin.
Tiefes Mitleid zeigten die Gesichtsausdrücke der anderen.
„Ja, Herr Norges, ich hole den Wagen. Sie haben ja Recht, wir müssen sie nach Hause bringen."
Franz, der Stallbursche war es, der sich als Erster wieder ein wenig unter Kontrolle hatte.
Er marschierte mit hängenden Schultern davon.
Kurze Zeit später kam er mit einem Fuhrwerk und einigen Decken zurück. Keiner hatte den Ort des Geschehens verlassen.
Zu tief war die Bestürzung.

Einige der Männer hoben die leblosen Körper, die sie vorher in die Decken gehüllt hatten, auf den Wagen.

Ein Mann hatte in Ufernähe einen großen schweren Stein entdeckt, an dem Blut haftete. Er zeigte einigen Umstehenden seinen fürchterlichen Fund.

„Damit ist wohl die Dunkelhaarige erschlagen worden, was meint ihr?", fragte er.

„Wickel den Stein mal in eine der Decken auf dem Wagen. Wir nehmen ihn mit. Wer weiß, ob der noch wichtig ist. Norges zeigen wir den erst später. Er wird das jetzt nicht auch noch verkraften."

Das war der Krämer Gosch, der so vorausschauend handelte.

Mit bedrückten Gesichtern folgten sie dem Fuhrwerk bis zum Hof der Norges.

„Das war keiner von uns" „Wer hat das nur getan" „Die beiden haben doch keinem etwas zu Leide getan. Warum hat man sie so brutal umgebracht" raunte es durch die Reihen.

Die nächsten Nachbarinnen blieben zur Unterstützung der Großeltern da. Sie wollten helfen und fühlten sich angesichts der unendlichen Trauer selbst so hilflos.

Die sterblichen Hüllen der jungen Frauen wurden in das Wohnzimmer getragen. Die Nachbarinnen und die Großmutter übernahmen die Reinigung der leblosen Körper. Unter Margarethas Fingernägeln entdeckten sie dabei Hautfetzen.

„Sie hat sich gewehrt. Oh Gott, das Kind hat sich gewehrt und musste dennoch sterben." Schluchzend nahm die Großmutter den leblosen Körper in die Arme.

Nach der Reinigung der Körper, wurden beiden Frauen ihre schönsten Kleider angezogen, hierbei vollbrachte die alte Frau, von Schmerz gezeichnet, beinahe Übermenschliches.

Die Spiegel im Haus wurden nach alter Tradition mit schwarzen Tüchern verhüllt.

Immer wieder krampfte sich der Körper der Großmutter vor Kummer zusammen. Geschüttelt von Weinkrämpfen erledigte sie wie die anderen Frauen diesen Trauerdienst an ihrer Enkelin und deren Freundin.

Der Großvater, dem es nicht anders erging, erteilte vor der Haustür den Auftrag, umgehend Louises Eltern zu verständigen. Er wollte dieses schwere Amt gerne selber auf sich nehmen, aber seine seelische und körperliche Verfassung ließen dies nicht zu.

Ein junger Mann, der schon einmal in Kiel gewesen war und meinte, dass er sich dort gut zurecht fände, übernahm den traurigen Auftrag und machte sich sogleich auf den Weg.

Norges ließ ihm vom Stallknecht das schnellste Pferd satteln.

Der Zimmermann versprach, umgehend mit der Arbeit an den Särgen zu beginnen. Er wählte drei Männer als Gehilfen aus, um sogleich mit der Herstellung zu beginnen.

Ein anderer wollte sich rasch mit der Polizei in Eckernförde in Verbindung setzen, damit dieser grausige Mord schnellstens aufgeklärt werden könnte.

„Da muss ein Kriminaler her, da reicht die Polizei aus dem Nachbarort nicht", stellte er fest.

Auch hier stimmte der Großvater zu, ohne jedoch bewusst mitzubekommen, was da in die Wege geleitet wurde.

Erst jetzt nahm Gosch den Großvater zur Seite, um ihm den Stein zu zeigen, mit dem Louise vermutlich getötet worden war.

Der Alte stand stumm und hielt den Stein in der Hand. Er sah Gosch mit so hilflos verzweifeltem Blick an, dass es dem Krämer in der Seele wehtat.

„Wir werden ihn finden. Wer auch immer das getan hat, wir werden ihn finden. Gnade ihm Gott, wenn ich ihn vor der Polizei in die Finger kriege. Er hat uns das Liebste genommen. Ich werde ihn dafür töten."

Damit ging der Alte ins Haus. Den Stein legte er vor die Küchentür.

Nachdem die große Standuhr bereits das elfte Mal geschlagen hatte, traf der Priester ein.

Wegen eines Todesfalles in der Nachbargemeinde habe er nicht früher kommen können, erklärte er mit tiefem Bedauern. Die Nachricht über den Tod der Frauen hatte er auf dem Heimweg gehört.

Er gab den beiden Frauen die letzte Ölung, sprach ein Gebet und versuchte dann, den beiden Alten Trost zu spenden. Jetzt erst stellten sie das Pendel der großen Standuhr still. Sie hatten vorher nicht daran gedacht, hatten das leise Ticken der Uhr in den vergangenen Stunden nicht wahrgenommen. Immer und immer wieder brachen sie in Tränen aus. Die Verzweiflung über dieses brutale Verbrechen ließ sie nicht zur Ruhe kommen.

*

Noch spät in der Nacht trafen Louises Eltern ein. Völlig aufgelöst mit verweinten Augen standen sie im Wohnzimmer. Louises Mutter sank neben dem Leichnam der Tochter zu Boden. Der Vater konnte sich gerade noch aufrecht halten. Auch er stand unter Schock.

Die verzweifelten Fragen nach dem Warum und nach dem Wer nahmen kein Ende.

Der Priester versuchte so gut er konnte, Antworten zu finden und meinte, dass Gottes Wege unergründlich seien. Woraufhin die Großmutter meinte, dass sie auf so einen unbarmherzigen Gott verzichten könne auch wenn sie sich durch diese Worte versündigte. Der Priester verurteilte ihre Worte nicht, sah er doch die tiefe Trauer in der alten Frau.

Die Eltern von Louise wollten später wissen, was vorgefallen war, welche Erklärung Norges für diesen Mord hatten. Beide hatten zwar für die alten Leute starkes Mitgefühl, aber in ihrer Not machten sie ihnen Vorwürfe, nicht genug auf die jungen Frauen geachtet zu haben.

„Warum haben sie nicht sogleich nach ihnen gesucht, als sie meinten, dass sie längst zu Hause hätten sein müssen? Welch Gesindel schleicht denn hier herum und ermordet unschuldige Frauen? Warum haben sie die beiden überhaupt alleine am Abend noch weggehen lassen?"

Diese und viele ähnliche Fragen wurden gestellt, aber es gab keine zufriedenstellenden Antworten darauf.

Ans Schlafengehen dachte keiner. Sie hätten kein Auge zubekommen. So kochten die Frauen spät in der Nacht Kaffee. Und dann klärten die Männer trotz ihrer unendlichen Trauer, was weiter geschehen sollte.

Die Großeltern hätten gerne beide Frauen gemeinsam auf dem Friedhof bestattet.

„Sie waren sich doch immer so nah. Sie sind gemeinsam gestorben. Meinen sie nicht, wir sollten sie auch gemeinsam zur letzten Ruhe betten? In zwei nebeneinander liegenden Gräbern?", fragte die Großmutter mit gebrochener Stimme.

Heftig lehnten Louises Eltern diesen Vorschlag ab. Sie wollten ihre Tochter mit nach Kiel nehmen.

Sie wollten sie nicht am fremden Ort in fremder Erde bestattet wissen.

Auch der Priester war der Meinung, dass jede zu Hause bestattet werden müsse.

Und so zog sich diese nicht enden wollende Nacht in Gesprächen hin.

Louises Eltern hatten angeboten, eine hohe Belohnung auf die Ergreifung des Täters auszusetzen. Dies wollten sie auch in Kiel bei der Polizei mitteilen. Außerdem meinte der Vater, dass er in einigen Tagen zurückkommen würde, falls der Mörder bis dahin nicht geschnappt sein sollte. Dann wollte er eine große Aktion starten und selber auf die Suche gehen.

Am frühen Morgen wurde zaghaft an der Tür geklopft. Der Zimmermann stand dort verlegen.

Er hatte zwei Särge auf seinem Fuhrwerk.

Louises Vater hatte in der Nacht schon geklärt, dass sie gleich nach der Sarglieferung mit ihrer Tochter zurück nach Kiel fahren würden. So wurde Louises Leichnam zuerst in einen der Särge gelegt. Mit Segnungen des Priesters wurde der Sarg auf ein Fuhrwerk getragen, welches Norges zur Verfügung gestellt hatte.

Gerade als sie sich auf die Rückreise machen wollten, fuhr eine kleine Kutsche auf den Hof.

Ein Kriminalkommissar aus Eckernförde, Herr Bold, stellte sich vor und drückte sein Beileid aus. Ein Polizist und ein Arzt aus der Nachbargemeinde hatten ihn hierher begleitet.

Der Kommissar bestand darauf, die Leichen anzusehen. Unter heftigem Protest von Louises Mutter wurde der Sarg ihrer Tochter wieder ins Wohnzimmer getragen. Sie musste von ihrem Mann zurückgehalten werden, weil sie sich in ihrer Verzweiflung auf den Sarg werfen wollte.

Der Arzt wurde angehalten, die Leichen zu begutachten und den Kommissar über die zugefügten Verletzungen zu unterrichten, weil er sich zunächst mit den Anwesenden unterhalten wollte.

Erschüttert kam der Arzt zu ihnen in die Küche und meinte, dass er noch nie zuvor so grausame Verletzungen gesehen hätte.

Margarethas Körper zeigte acht tiefe Messerstiche auf.

Am Körper von Louise konnte er die genaue Anzahl nicht feststellen. Es waren unzählige Einstiche vorhanden. Er meinte allerdings, dass sie wohl mit dem Stein, der ihm von Norges gezeigt worden war, zunächst erschlagen wurde. Die tiefe Kopfverletzung an der Schläfe ließ darauf schließen.

„Sie wird von den Messerstichen wohl nichts mehr mitbekommen haben", meinte er als Trost mitteilen zu müssen. Das war allerdings für die anwesenden Frauen zu viel.

Leichenblass und zu keiner Reaktion mehr fähig, saßen sie in sich zusammengebrochen neben ihren Männern, denen es nicht anders ging.

Auch der Kommissar begutachtete jetzt die Leichen, um einen Eindruck dieses gewalttätigen Mordes zu bekommen.

Inzwischen hatte Norges Schnapsgläser gefüllt. Das brauchten sie jetzt alle, um ihre Nerven zu beruhigen.

Nachdem die Großmutter dann noch von den Hautfetzen unter Margarethas Fingernägeln berichtete, meinte der Kommissar, dass der Mörder dadurch sicher leichter zu finden sei.

„Dann hat er vermutlich irgendwelche sichtbaren Verletzungen. Vielleicht sogar im Gesicht. Wir werden ihn wohl schnell zu fassen kriegen. Ich danke ihnen für diesen wichtigen Hinweis Frau Norges."

Jetzt fiel der Großmutter auch noch ein, dass Margarethas Bernsteinkette nirgends gefunden wurde.

Und Herr Bold ließ sich eine genaue Beschreibung davon geben.

Wenig später erlaubte er Louises Eltern die Rückreise nach Kiel, und kurze Zeit später verließen Louises Eltern mit dem Fuhrwerk und dem darauf liegenden Sarg das Grundstück.

Mit dem Priester wurde die Beerdigung für den übernächsten Tag besprochen. Norges bestellte bei ihm die teure Leichenkutsche, weil er nicht wollte, dass seine Enkelin mit einem schwarz angestrichenen Ackerwagen zum Friedhof gebracht wurde.

„Und lassen sie schon mal ne Kuhle außerhalb des Friedhofes ausheben. Für den Mörder. Denn da wird er landen und ewig in der Hölle schmoren."

Nachdem der Arzt entlassen war, bat der Kommissar darum, zunächst den Ort des Geschehens zu besichtigen und nach Spuren zu suchen. Auch erbat er sich ein Reitpferd, um später die Umgebung zu erkunden und um Leute zu verhören. Beides wurde ihm gewährt.

Norges selbst begleitete ihn und den Polizisten, der die gesamte Zeit wortlos nebenher gelaufen war, zu dem Weiher, an dem das Verbrechen begangen worden war.

Es überstieg fast seine Kräfte noch einmal hierher zurückkommen zu müssen.

Stumm stand er auf der Wiese, wo die Vögel zwitscherten, als sei nichts geschehen.

Die blutigen Kleidungsfetzen lagen noch dort. Der Kommissar untersuchte sie und betrachtete die Gegend. So kam er auch an die Stelle, wo der Mord wohl stattgefunden hatte. Denn hier waren große Flächen im Gras von Blut bedeckt.

Ab und zu nickte er mit dem Kopf, als hätte er die Lösung bereits gefunden. Allerdings war dies nur eine Angewohnheit von ihm, wenn er angestrengt nachdachte.

Dann ließ er den Polizisten die Teile der Kleidungsstücke einsammeln, klopfte dem Alten tröstend auf die Schulter und meinte:

„Den kriegen wir. Verlassen sie sich darauf. Der wird seine gerechte Strafe bekommen."

Zurück auf dem Hof hörten sie schon beim Herannahen erregte Stimmen.

„Das war Egg."

„Er war gar nicht weg. Und er wollte Margaretha doch unbedingt zur Frau."

„Egg, dieser Lump, den soll sich der Kriminaler mal holen."

„Der war ja schon immer unzurechnungsfähig"

„Diesem Halunken sollte man kurzen Prozess machen."

„Was sagt Norges dazu?"

Die Stimmen verstummten, als die beiden Männer nah genug heran waren. Die Mützen wurden von den Köpfen genommen. Verbeugungen und leise Beileidsbekundungen wurden ausgesprochen. Hilfe wurde angeboten.

Der Alte ging schweigend an ihnen vorbei ins Haus. Er begab sich ins Wohnzimmer, um neben seiner Frau die Totenwache für Margaretha zu halten. Diese lag im offenen Sarg aufgebahrt und sah so friedlich schlafend aus, dass es ihm schwer fiel, an ihren Tod zu glauben.

Er setzte sich zu seiner Frau, nahm deren Hand in die seine und ließ seinen Tränen und seinem Kummer freien Lauf.

Der Kommissar hingegen stellte den draußen Anwesenden viele Fragen. Nicht nur über die Kontakte der Frauen zu den Dorfbewohnern wollte er Auskunft, er fragte auch jeden, wo er zur vermutlichen Tatzeit gewesen war. Auch wollte er wissen, wieso der Name Egg vorhin immer wieder aufgetaucht sei.

Freimütig erhielt er alle Auskünfte. Schließlich behauptete jeder der Anwesenden, dass er unschuldig sei. Wie beliebt und angesehen Margaretha und deren Freundin im Ort gewesen waren, war nicht zu überhören.

„Nun, dann will ich mir den Egg mal vorknöpfen. Wo finde ich ihn?", wollte Bold wissen und erhielt Auskunft. Franz, der Stallknecht, hatte bereits auf Anweisung von Norges ein Pferd gesattelt, so dass der Kommissar sich gleich auf den Weg zu Eggs Anwesen machte.

Dem Polizisten gab er den Befehl, sich derweil im Dorf umzuhören.

Die Nachricht von der Ermordung hatte sich wie ein Lauffeuer verbreitet und auf Norges Hof erschienen ständig Leute, um ihr Beileid zu bekunden.

Die Nachbarinnen, die bei der Leichenwäsche schon geholfen hatten, boten jetzt ihre Hilfe an, um den Leichenschmaus gemeinsam mit vorzubereiten. Es wurden viele Menschen zur Beerdigung erwartet. Und so mussten am Tag der Beerdigung Unmengen an Butterbroten geschmiert werden. Auch musste Sorge dafür getragen werden, dass genügend Braunbier und Schnaps zur Verfügung stehen würde.

Der Großmutter fiel plötzlich ein, dass irgendwer auch Claudius Martens benachrichtigen müsste. Denn der zukünftige Bräutigam wollte sicher bei diesem traurigen Anlass dabei sein.

Frau Gosch meinte, dass sie das erledigen würde. Die Alten sollten mit solchen Problemen nicht auch noch belästigt werden. Sie erkundigte sich nach dem Wohnsitz von Martens und wählte einen zuverlässigen jungen Burschen aus, um ihm den Auftrag zu erteilen, sich auf den Weg dorthin zu machen. Danach ging sie in die Küche, um für alle Anwesenden Unmengen Kaffee zu kochen. Auch wollte sie sich einen Überblick verschaffen, um zu sehen, ob genügend Geschirr für die zu erwartenden Trauergäste vorhanden sei.

*

Bold kam zurück. Aber nicht alleine. Er trabte mit dem Pferd hinter dem Fuhrwerk von Hein Egg auf den Hof.

Die noch anwesenden Nachbarn eilten in heftiger Empörung auf das Fuhrwerk zu. Ehe der Kommissar es verhindern konnte, hatten sie Hein Egg vom Wagen gerissen und schlugen laute Flüche ausstoßend auf ihn ein. Egg jammerte und versuchte verzweifelt, die Schläge abzuwehren. Laut rufend beteuerte er seine Unschuld.

Sehr energisch musste Bold dem Treiben Einhalt gebieten. Nur mit großer Mühe konnte er Egg von der aufgebrachten Menge losreißen. Aus einigen Platzwunden lief dem schon Blut über das Gesicht. Bold zog den klagenden Mann mit sich in die Küche und drohte jedem, der ihnen folgen wollte, eine heftige Strafe an.

Die erhitzten Gemüter hielten sich daraufhin zurück. Allerdings nicht ohne die übelsten Beschimpfungen hinterher zu schicken.

„Hängt ihn auf" war noch das Harmloseste.

In der Küche setzte Bold das bereits auf Eggs Hof angefangene Verhör fort. Ganz genau wollte er noch einmal wissen, wo Egg sich am Vortage aufgehalten hatte und wer das bezeugen könnte.

Egg gestand, dass er verbotener Weise gejagt hätte. Er war schon längere Zeit hinter einem Rehbock her. Er hatte ihn aber auch gestern nicht erlegen können. Bezeugen könne das niemand. Er wäre ja auch schön blöd gewesen, wenn er jemanden von seinem Vorhaben unterrichtet hätte. Schließlich sei er nicht sehr beliebt und hätte nicht vorgehabt, seine eventuelle Beute zu teilen.

Immer wieder beteuerte er, nichts mit dem Vergehen an den jungen Frauen zu tun zu haben.

„Aber, Moment, Herr Kommissar, da fällt mir etwas ein. Dieser Schnösel, der arrogante junge Mann, der Margaretha heiraten wollte, könnte bestätigen, was ich sage. Als ich nämlich oben am Waldrand saß, ritt er hochmütig an mir vorbei. Viel Erfolg hat er mir hämisch gewünscht. Ja, der kann bezeugen, dass ich auf Jagd war. Wo ist er? Er war doch auf den Weg hierher. Fragen sie ihn, Mann, fragen sie ihn. Danach bin ich dann gleich nach Hause, weil ich dachte, der würde mich verpfeifen."

Das waren für Bold hochinteressante Neuigkeiten. Von einem jungen Mann, gar einem Bräutigam, der auf dem Weg zum Hof gewesen war, hatte er bisher noch nichts verlauten hören.

Er strich sich nachdenklich über die Haare.

Ursprünglich hatte Bold vorgehabt, mit Egg zum Tatort zu gehen, um ihn dort zu einem Geständnis zu bewegen. Jetzt wollte er erst einmal den jungen Mann suchen und verhören.

Er entließ Egg mit der Bemerkung, den Ort nicht zu verlassen. Danach begleitete er ihn zu dessen Kutsche. Den noch versammelten Männern teilte er mit, dass Egg wohl unschuldig sei und er jeden in Arrest nehmen würde, der Egg angreifen würde.

Murrend ließen sie ihn wegfahren.

Aufgeregt und völlig außer Atem kam ein Junge auf den Hof gelaufen. Die Mütze hatte er in der Hand, der Schweiß lief ihm von der Stirn.

„Herr Kommissar", rief er. „Herr Kommissar, bei uns in der Scheune liegt einer."

Er jappte nach Luft. Bold ging auf ihn zu, legte ihm die Hand auf den Arm und meinte, dass er erst einmal zu Atem kommen solle und dann berichten, was los sei. Nach einigen tiefen Atemzügen begann der Junge erneut.

„Also, bei uns in der Scheune liegt einer. Im Stroh. Der ist ganz voller Blut. Der schläft und mein Vater glaubt, das ist ein Mörder. So voller Blut. Mein Vater ist noch dort. Der hat mich hergeschickt. Ich soll man gleich den Kommissar holen. Er passt so lange auf den Kerl auf. Vater hat ne Forke dabei. Aber ich soll mich man beeilen. Kommen sie, Herr Kommissar, ich bring sie gleich hin."

Einige der Männer stürzten gleich los, um sich den Verbrecher zu greifen. Sie kannten den Jungen, und wussten daher, in welcher Scheune sich der Verdächtige aufhielt.

Bold hatte Glück, dass der Polizist, den er zur Befragung ausgeschickt hatte, gerade zurückkam. Er drohte mit Waffengewalt, wenn die aufgebrachte Meute nicht unverzüglich umkehren würde. Dann nahm er eines der Fuhrwerke, setzte den Jungen neben sich, damit der ihm den Weg weisen konnte und ließ den Polizisten mit aufsteigen. Eilig fuhr er in Richtung Scheune.

Der Vater des Jungen erwartete sie schon von Ferne winkend. Er hatte einen gefesselten Mann vor seinen Füßen sitzen. Dessen Kleidung war tatsächlich über und über von Blut befleckt.

Auf seinem Gesicht zeigten sich eingetrocknete lange blutige Kratzer. Tränenspuren hatten eine Bahn gezeichnet.

Verzweifelt sah er auf, als Bold ihn auf die Beine zog.

Nach eindringlicher Befragung hatte Bold erfahren, dass Martens am Vortag auf dem Weg zu Norges Hof war, um mit seinem Besuch zu überraschen. Dabei hatte er eine Abkürzung durch das Gelände genommen und war auf die Frauen gestoßen.

Nach kurzem Gespräch zwischen dem Bauern und dem Kommissar, nach anerkennendem Dank für die Festnahme, wurde der junge Mann auf das Fuhrwerk gehoben und zum genaueren Verhör zu Norges Hof transportiert.

Dort warteten inzwischen noch mehr Leute als vor der Abfahrt. Bei Ankunft des Fuhrwerks rannten sie darauf zu. Mit gezogener Pistole fuhren die Beamten auf den Hof und warnten, dass sie von der Waffe Gebrauch machen würden, sollte sich jemand näher herantrauen.

Unter wüsten Beschimpfungen und lautstarkem Pöbeln wurde Abstand gewahrt.

Der alte Norges war vor die Tür getreten. Der Lärm war nicht zu überhören gewesen.

Er wurde totenbleich, als er sah, wer dort auf dem Karren saß. Er zitterte am ganzen Körper.

„Martens, das wirst du büßen. Dafür wirst du hängen, oder ich zerteile dich in tausend Stücke. Warum? Warum hast du das getan, du Hund? Warum?"

Er schrie seine Verzweiflung und seine tiefe Verachtung Martens entgegen.

Jammernd wie ein kleines Kind bat Martens um Entschuldigung. Der Pöbel war kaum noch zu bremsen. Sie wollten ihn vom Wagen holen und ihm seine gerechte Strafe angedeihen lassen.

„Norges, verzeiht, ich bin doch selber ganz verzweifelt. Ich habe die beiden Frauen überrascht, als sie im Gras lagen und sich küssten. Als ich auf sie zukam und als Margaretha sagte, dass es ihr zwar leid täte, sie mich aber nicht geliebt habe, und Louise mich anschrie und meinte, dass ich eine Heirat vergessen könne und das auch noch ständig wiederholte, war da plötzlich der Stein in meiner Hand. Ich habe ihn Louise ins Gesicht geschlagen. Ich wollte ihre Worte nicht mehr hören. Sie fiel zu Boden. Dann sprang Margaretha mich an, um ihrer Freundin zu helfen und kratzte mir ins Gesicht. Ich hatte plötz-

lich mein Taschenmesser in der Hand. Ich habe auf sie eingestochen. Immer wieder. Dann lag sie da und rührte sich nicht
mehr und ich habe an Louise, die sich gerade wieder aufrichte-
te meine ganze Wut abreagiert. Immer wieder und immer wieder habe ich auf sie eingestochen. Dann war es so still und ich
merkte, was ich getan hatte. Ich bereue es so sehr. Es tut mir so
leid. Ich wollte es doch nicht. Ich wollte es doch nicht. Ich
wollte es nicht."
Für Norges brach eine Welt zusammen. Bei der Vorstellung,
diesem Ungeheuer fast seine geliebte Enkelin zur Frau gegeben
zu haben, überrollte ihn so große Übelkeit, dass er sich überge-
ben musste und in sich zusammensank.
Seine Frau trat vor die Tür. Ebenso bleich wie ihr Mann.
Sie sah Martens direkt in die Augen.
Sie sah in die Augen des Mörders ihrer Enkelin.
Und sie sah darin Verzweiflung.
Sie drehte sich wortlos um und half ihrem Mann auf die Beine
um ihn schweigend ins Haus zu führen.
Die Herumstehenden waren dem Ganzen nicht gewachsen. Sie
kamen immer näher.
Wut und Hass in ihren Augen. Geballte Fäuste. Entschlossen-
heit ausstrahlend.
Einer rief: „Lügner!" ein anderer: „Was für eine schamlose Un-
terstellungen, du Schuft!" Eine aufgebrachte Frau schrie Martens mit den Worten an: „So eine erbärmliche Verleumdung
über so harmlose Frauen auszusprechen ist ja ungeheuerlich!"
Bold sah ein, dass er mit seinem Gefangenen keine Minute länger auf dem Grundstück bleiben konnte. Er befürchtete Lynch-
justiz.
Mit gestrengem Tonfall befahl er, seine Kutsche vorfahren zu
lassen. Er verfrachtete Martens auf die Rückbank, den Polizis-

ten daneben und machte sich auf den Weg nach Eckernförde
mit den Worten.

„Er wird hängen. Sagt den alten Leuten – er wird dafür hängen.
Und ich werde mich nach Kiel zu den Eltern der anderen jungen Frau auf den Weg machen, um ihnen den Mörder zu prä-
sentieren.“

In der Nacht hatten sich die Eheleute während der Totenwache
vor Margarethas Sarg leise darüber unterhalten, wie es weiter-
gehen sollte.

Ihren Lebensinhalt hatten sie mit Margaretha verloren. Auf
dem Hof wollten sie nach diesem Schrecken nicht mehr bleiben. Sie wollten alles verkaufen und sich in einem kleinen
Haus an der Ostsee niederlassen. Die Pferde sollten an einen
guten Züchter verkauft werden.

Der Großvater hatte sich dazu entschlossen, Sternenfee erschie-
ßen lassen.

„Das Pferd war ihr ein und alles. Das soll kein Fremder bekommen“, meinte er in tiefer Trauer.

„Nein Hannes, alles was ich jetzt noch von Margaretha habe,
ist dieses Pferd. Das und auch Cora werden wir mitnehmen. So
lange wir noch leben, bleiben die bei uns. Und Hannes, in diesem Fall werde ich nicht mit dir verhandeln und bitte dich in-
ständig, dich einverstanden zu erklären.“

Unter heftigem Schluchzen nickte er.

Am folgenden Tag war für die Beerdigung alles vorbereitet.

Die Leichenfeier am offenen Sarg im Wohnzimmer wurde vom
Priester mit liebevollen Worten gehalten. Die Großeltern saßen
am dichtesten zum Sarg. Dann folgten die nächsten Nachbarn
und weil so viele Trauergäste erschienen waren, standen etliche
im Flur und sogar in der Küche.

Butterbrote, Bier und Schnaps waren bereits eine Stunde vor der Trauerfeier herumgereicht worden.

Nachdem die Trauerrede beendet war, wurde Margarethas Sarg geschlossen, mit dem Fußende voran aus dem Haus getragen und auf den Leichenwagen gehoben.

Vor den Wagen hatte der Großvater Sternenfee spannen lassen. Versehen mit dem neuen Geschirr und dem wertvollen Sattel.

Die Leichenkutsche hatte eine schwarze Lederbedachung und war mit dunkelrotem Samtbehang und einer roten Samtdecke ausgestattet.

Allein der Anblick des so selten eingesetzten Leichenwagens hatte die Leute in Ehrfurcht versetzt.

Aber zusätzlich dieses zutiefst beeindruckende Pferd mit seiner vollständigen Ausstattung vor dem Leichenwagen zu sehen, ließ die Trauergäste in stiller Demut hinter den Großeltern und dem Gefährt hergehen.

Die Kirchenglocken läuteten bereits eine ganze Weile.

Am Friedhof angekommen, wurde der Sarg vom Wagen gehoben und nach alter Tradition einmal um die Kirche getragen.

Am Grab sprach der Priester ein zu Herzen gehendes Gebet und segnete den Sarg, der langsam und behutsam in die Erde herabgesenkt wurde.

Tränen flossen, Schluchzen war zu hören, Verzweiflung zu spüren.

*

Zwei Tage nach der Beerdigung kam ein berittener Bote des Eckernförder Kommissars.

Er brachte ein in Papier eingeschlagenes Päckchen. Darin befand sich Margarethas Bernsteinkette, die Martens nach dem grausamen Mord an sich genommen hatte.

Auch richtete der Bote ihnen einen Gruß des Kommissars aus und sollte mitteilen, dass die Gerichtsverhandlung schon bald stattfinden und auf Martens das Todesurteil warten würde.

Die Großmutter presste die Kette an ihre Brust - sie war von Herzen froh, dass endlich ein Erinnerungsstück sowohl von ihrer Schwiegertochter, als auch von ihrer Enkelin zu ihr zurückgekommen sei.

Jetzt konnte sie der Strafe für Martens gelassen und in dem Wissen entgegensehen, dass den Mörder ein gerechtes Urteil erwarten würde.

Anja, noch immer höre ich Dein „Schreib Du Hummel!"
Ich danke Dir für Deine Motivation und die Worte, die mich im
wahrsten Sinne beflügelten.

Liebe Gerburg, für Deine tatkräftige Unterstützung danke ich
Dir mit einer herzlichen Umarmung!

Bergith, durch Dich kam eine Überraschung, mit der ich nicht
gerechnet hatte, denn Du hast meinem Roman ein so schönes
„Kleid" angezogen. Herzlichen Dank dafür!

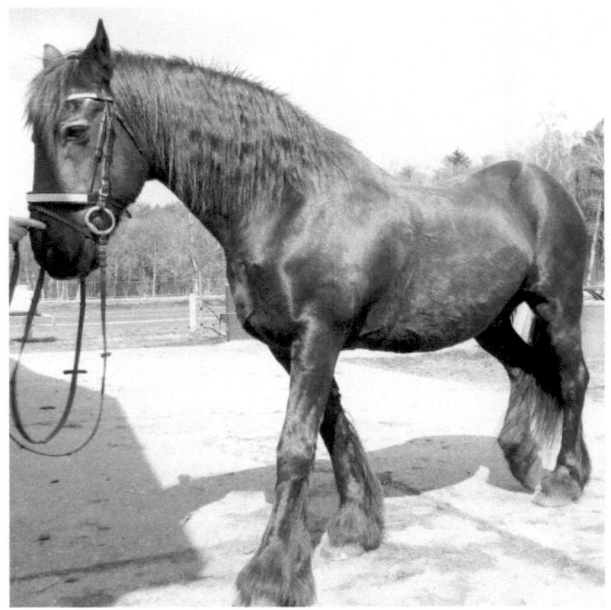

Friesen des Friesenhofes Hoppe in Weddingstedt.
Oben Harmen, unten Warlock

Bisher erschienen:

2011 „Der besondere Heider Friedhof" ISBN 9783842382763
Ein reich bebildertes Sachbuch über die Entstehung des
Heiders Züthpen Friedhofes

2014 „Spuren der Dichterin Sophie" ISBN 9783735762887
Historischer Roman über die Schicksalsjahre der Dichterin
Sophie Dethleffs 19. Jahrhundert

2014 „Kleine Elfengeschichten" ausschließlich E-Book

2015 „Schatten über Schloss Allstedt" ISBN 9783734781629
Historischer Roman 19. Jahrhundert

2016 Neuauflage „Schurersblut" ISBN 9783739233895
Historischer Roman 19. Jahrhundert